秋以為期
木子 著

一

清晨五點，甄珠在狹窄的沙發牀上翻了翻身，多麼奇怪的夢啊！怎麼自己就變成一隻蝸牛了。甄珠揉了一下眼睛，那隻蝸牛似乎還在眼前，在海藍的草叢中捲縮着。一動不動地看着寶貝藍草叢外的無數隻腳走來走去。白色的球鞋、紅色的高跟鞋、黑色的皮鞋、花花拖鞋，所有的顏色都加上了一層淺淺的叫做寶貝藍的藍……天微亮，布簾外傳來刷牙的聲音。再過了一會，一雙男人的腳從寶貝藍的布簾下走了過去，悉悉索索換鞋的聲音。開門關門，兒子出門上班去了。

寶貝藍的布簾隨着大門的一開一關來回飄動了一下，幾乎貼在甄珠的鼻子上。兒子結婚後，客廳裡就多了一塊布簾，這塊布簾清晰地將她和兒子劃分開來。雖然甄珠在這間二百八十尺的房子裡結婚、生子、寡居又好不容易等到兒子長大、結婚、生子。但她知道，她已經不屬於這間屋子。晚上，她是這塊寶貝藍布簾內的女人。到了白天，布簾拉起，沙發牀恢復成沙發的形狀，她就變得甚麼也不是。

就在這張沙發上，她抱着兒子講故事。就在這張沙發上，她給兒子默書、看作業。就在這張沙發上，她看着兒子的功課、畢業證書、女朋友的照片……記憶翻動着照片，翻着翻着，照片中的兒子就長大了。這張沙發承載着屬於她和兒子的共同記憶。所以，就是兒子結婚説要換傢俱，她也是捨不得換了這張沙發，怎麼能捨得，從小到大，兒子一直是她的心頭肉。

甄珠在狹窄的沙發牀上翻了翻身，坐了起來。她輕輕地拉開寶貝藍的布簾，屬於她的天空堆擠在灰白的牆邊上。她躡手躡腳地走進廚房，在冰箱裡找出製作早餐的食材。熱牛奶、煎蛋，煮上青豆和玉米，切好火腿、芝士和生菜。甄珠一直很滿

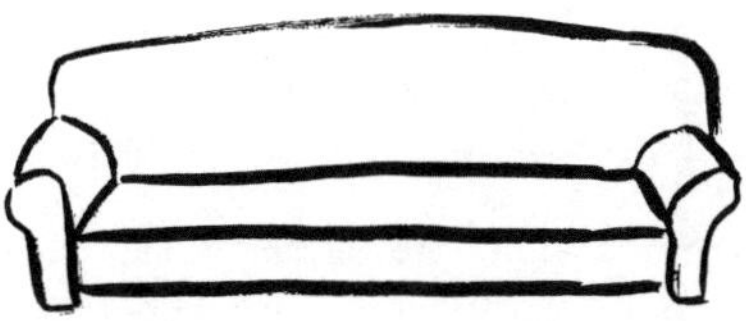

意自己的條理分明。她對兒媳婦方芳不管做任何事情都大驚小怪，無限誇張的態度從一開始，覺得她還有稍許可愛到了完全不能忍受。就在此時，房間裡傳來方芳刺耳的聲音：「快點，起牀。快點快點！今天不能再遲到了！」青豆和玉米還需要幾分鐘才能熟，甄珠定好計時器，走進以前她的房間。

以前她的房間早已不是她的房間了，一張大牀上睡着兩個長得和兒子小時候一模一樣的孿生小孩。小孩們整個身子都鑽在被子裡，只有頭髮毛絨絨地露在被子外面。方芳正從衣櫃裡拿出衣服。只見她拉起其中一個睡得迷迷糊糊的孩子。剝下睡衣，把衣服一件一件地往他身上套。可能是領口有點小，弄疼了小孩，他哼哼了幾聲，眼神漸漸靈動起來。小孩開始朝另一個身上爬去，此時他的媽媽正拿着褲子往他身上套。媽媽抓了幾次，也沒抓到小孩的腳，聲音開始大了起來：「好了，我們要遲到了，媽媽上班要遲到，你們上幼兒園也要遲到了，遲到不好的，對不對？」

小孩嘻嘻一笑，故意把兩條腿塞進同一條褲腿裡，撅着小嘴說：「媽媽親親。」

媽媽推開小孩，又去拉他的腳：「今天不能玩，要遲到了！」

「嫲嫲，早安！」小孩回頭看到甄珠。

「早安！寶貝」甄珠向前一步，抱住小孩親了起來。

方芳看了甄珠一眼，把褲子扔給了她，又去推另外一個起牀。那個沒睡醒，左搖右晃地，被方芳一推，哭了起來。

甄珠皺了皺眉，忍不住地說了句：「你就不能輕點，孩子還沒醒呢！」

方芳突然變得焦躁，對着小孩聲調上揚：「媽媽再重複一遍，媽媽要去上班了，沒有時間了，你們要快一點！」她甚至連看也沒看一下甄珠。

鈴聲響了，哦，對了，是青豆。甄珠風一般捲進廚房，把所有的食物收拾好，打開折疊桌。

「媽媽是刷牙、洗臉。」

「媽媽不是洗臉、刷牙。」

「媽媽，嫲嫲説是刷牙、洗臉。」

「媽媽，嫲嫲説，説話要想清楚，要有次序。」

小孩子真可愛，偶爾説了一次，他們都記得。甄珠一邊倒着牛奶一邊笑了起來。「啪！」的一聲，洗手間傳來小孩的哭聲。甄珠手一晃，滾燙的牛奶灑了出來，正好淋在手上。顧不着燙紅的手，甄珠跑去洗手間。

洗手間內，被扔在地上的塑料水杯倒得滿地的水，方芳大聲喊道：「你們都快點，媽媽跟你們說了很多遍了，今天時間不夠，媽媽還有很重要的事情，不能遲到。你們怎麼這麼不懂事呢？」

小孩們嚇了一跳，不再說話，委屈地開始洗漱，用可憐的眼神悄悄瞅着站在門口的甄珠。這個女人實在太過分了，她怎麼可以在孩子面前扔東西。一股無名的怒火直衝甄珠腦門，她甚至能感覺到臉上的肌肉在收縮和顫抖。甄珠吸了口氣，硬是忍下了心中那團越來越濃烈的火，放緩聲音：「你們要聽話，快點刷牙、洗臉，可以吃早餐了。」

「你們快點吃，媽媽去換衣服。」方芳氣呼呼地把小孩扔在飯桌前。小孩亮晶晶的眼睛裡閃着淚水：「嫲嫲，媽媽不喜歡我們？」

「怎麼會？媽媽只是有很重要的事。」

「可是她那麼兇。」另一個一邊數着青豆在一邊搭嘴。甄珠心疼地左右抱了抱這對小人兒。

「你們在幹什麼？為什麼不好好吃飯，你們要是不想吃就不要吃了，餓着吧！」方芳一手奪過一個碗，「嗙！」的一聲放在桌子上，青豆跳了出來，撒了一地。又一手從椅子上拽下一個。「穿鞋子，去幼兒園」

「他們不是不想吃，他們在等你……」甄珠連忙解釋着。

方芳甚至連看也沒看一下甄珠，把鞋子扔給了兩個小孩。

「嫲嫲，再見！」大門一開一關，小孩的聲音被隔絕在門外。甄珠鬆了一口氣，撒了一地的青豆被踩過之後，變成一個個墨綠色的點。甄珠蹲在地上慢慢地撿，眼淚不禁流了下來。她什麼時候受過這樣的氣？甄家的大小姐，從小含着金湯勺出生的命。要不是算命的嘴毒，說她命硬克父克夫，結果一語成讖。父親好端端的工廠就倒閉了，倒閉前把她許給了自己最喜歡的徒弟。老公不是自己選的，但也是把她捧在手裡呵護着。就是寡居，她也是這個家裡的主。哪會看別人的臉色？也怪兒子不爭氣，取了個老婆變成了老婆奴，對她言聽計從。甄珠蹲在地上，一個個地撿着青豆，眼淚就掉了下來。兒子小時候多愛吃青豆，那肥肥的小手拿起一粒粒青豆的往嘴裡塞。塞着塞着就長大了。一個兒子變成了兩個孫子，只不過小孩旁邊座位上已經不是自己了。

二

家人都出門了，繁忙的一天開始了。甄珠在浴室拿出一大堆昨晚換下的衣服，放進洗衣機。塞啊塞，衣服太多，看來要洗兩機。以前不是這樣的，以前只有她和兒子的衣服，現在人多了。甄珠看了看被燙痛的手開始發紅。她將洗衣機定好時間，在水龍頭下把手沖了一下。今天是個好天氣，甄珠決定好好清理一下房間。房間實在太小了，以前甄珠閉着眼睛也知道東西放在哪裡。現在，還有甚麼屬於她的東西呢？兒子結婚後，房間讓了出來做了婚房，她就睡在客廳的沙發上。等有了小孩，婚房就變成了四人房，她就變成了睡在四人房外的保姆。

四人房的擺設很簡單，簡單到只能放一張雙人牀，牀邊是個頂天立地的衣櫃。衣櫃上貼着家人的照片，兩個小小的孩子手拖手，一邊又分別拖着爸爸和媽媽，也有她，不過在更遠一點的地方，她坐在樹下。像個免費的菲傭，這就是我在這個家的地位。甄珠順手關上冷氣，打開牀邊的小窗子，拉開窗簾讓陽光照進來。為了是否開冷氣，甄珠和方芳爭了幾次，真不會過日子，居家過日子哪樣不要精打細算啊？她疊好被子、放好枕頭、又把扔得到處都是的睡衣掛在牀後的架子上。陽光射了進來，她把小孩蓋的小毯子打開，手伸到窗外抖了抖，掛在窗邊曬太陽。陽光透過毯子的縫隙，塵埃在陽光中上上下下地舞蹈。甄珠一個恍惚，彷彿回到了二十多年前。二十多年前，也是這個窗户，小孩的毯子散發着甜甜的奶油味。陽光斜斜地照在照片上，光影下年輕的她坐在樹下。

以前，在這間房間沒有第二個女主人的時候，甄珠是極喜歡花草的。看着小小的植物變得茂盛。像陶侃搬磚那樣把盆栽搬來搬去，有時放在窗邊追逐陽光、有時她拿個塑膠袋積一袋雨水用來淋花、有時把綠色放在桌前、櫃上。那個時候，她種了好幾盆梔子花，梔子花開的時候，滿屋的香。那個時候，兒子在讀書，她靠着亡夫留下的一點錢，守着小小的兒子和小小的屋子，精打細算又津津有味地過日子。洗衣機響的時候，甄珠停止了回憶，又朝洗衣機裡塞了第二機衣服。手上的燙傷腫了起來，甄珠拿水再沖了一下，看看沒用，又去冰箱拿了塊冰。以前是有藥箱的，以前還有燙傷膏，都給方芳扔掉了，她說會給小孩吃到嘴裡。以前的花草也給扔掉，她說花的香氣會過敏。

地方小的好處是清潔特別容易，二百多尺的房子實在太容易搞衛生了。擦櫃子、整理房間、拖地，一會的功夫第二機衣服洗好了，等她晾好衣服，看着掛在窗邊的衣服在陽光下飄揚的時候，她才發現，裡面竟然沒有一件她的衣服：「昨晚洗好澡，明明將衣服放在洗衣籃裡的，奇怪了，怎麼不見了？」

甄珠想了一會，覺得肚子餓了。看了看時間，原來已經十一點了。她從冰箱裡拿出早上的早餐，稍微熱了一下，吃了起來。一直是這樣的，兒子吃不完她吃。小孩子一定要吃得好。現在也是這樣，家人吃完了才輪到她吃，她們要上班、上學，一定要吃得好。看着滿屋的衣服，甄珠覺得即使累，只要一家人在一起也是值得的。以他們家現在的條件，難得兒媳不嫌棄，還肯嫁進來，雖然脾氣和樣子都差了點，但是怎麼也算對死去的老公有個交代，兒子幫他養大了，連孫子也有了。

太陽已經爬上屋頂，陽光在客廳裡消失。甄珠換了一件藍色V領的牛仔裙，走去街市買菜。她看了看錢包，這個月的家用方芳一直沒給，也不好意思催她。錢包裡只剩下幾百元，過了今天，明後天可能就不夠買菜了。亡夫留下的錢，供兒子讀完大學已經沒多少了。銀行裡還有一點點的積蓄，是她的養老錢，她不想動。一開始，兒子會準時拿錢回家做家用。自從結了婚，錢都交給了方芳，由方芳統一專管，方芳説想籌錢換一間大一點的房子。現在全靠他們兩個的人工在支撐這個家，甄珠不得不忍着。「唉，真的到了看別人臉色吃飯的時間了。」甄珠唉聲嘆氣。

三

電梯向下，一開一關。都是老街坊，進進出出彼此打着招呼。有位胖胖的太太走了進來，看見甄珠眉花眼笑：「張太，你怎麼保養的？你看看，我已經像個老太太了。你怎麼一點也不見老？你真是福氣，從來不用工作，家寶和方芳又孝順，還有孖生的孫子。」

「哪裡，哪裡，黃太，你才有福氣呢！咦？好像好久沒見你了？」

「我們家老黃最近又買了新房子，遲點我們就搬到新房子去，這裡的房子租出去吃租金過日子。你有空來坐坐哦！」胖胖的太太炫耀着，用無比誇張的語氣大聲說着。

電梯停下。兩位太太走出電梯，胖胖的太太拉着甄珠，一臉同情的樣子，放低了聲音：「我說張太，哦，甄小姐，你還這麼年輕，你們家又是那麼小的地方，真的沒有想過再找個人？我家老黃有個表弟……」

「我先去買菜，以後再聊。」甄珠手一縮，倉皇地走開了。寡婦門前是非多，這一點她懂。

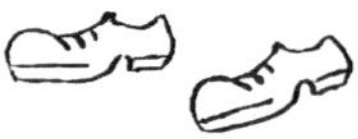

四

穿過石板小巷，轉個彎就是設在街道兩旁的傳統街市。街市的蔬菜和肉類比超市來得新鮮和便宜，買或不買，甄珠都喜歡到這裡來逛一圈。一住幾十年的地方，去街市就像去朋友家。中午的街市沒什麼人。看到甄珠到，老闆們熱情地招呼起來：

「張太，今日的栗子很新鮮，買返去燜雞啦！」

「張太，你睇下條魚，頭先送來㗎。你要嘅話，算你便宜點！」

「張太，好久唔見你兩個孖孫來？細路仔食多點牛肉好。要不要切一點？」

「張太……」雖然大家都知道她寡居多年，但是他們都叫她張太太。只有一個人叫她「甄小姐」那是賣花的肥仔。賣花的肥仔對她好，好到街市上無人不知。賣花的肥仔看到她的時候，脖子都是紅的。老闆們都逗他：肥仔睇到張太就好似蜜蜂見到花。賣花的肥仔對她好，她是知道的。自從肥仔漲紅着臉，硬要把漂亮的梔子花送給她的時候她就知道。街市就是街市，再好也是街市，她不領情。就像她堅持把買梔子花錢付給肥仔一樣，她不領情。

五

甄珠一邊洗菜一邊對着洗菜盆自言自語：「今天買菜用掉了二百多元。如果方芳再不給家用，錢包就見底了。難道真的要去賣掉一點股票來當家用？這樣下去可不行，老公留下的錢一點點地都用光了。兒子長大到今天已經用了大部分的錢，結婚的時候又用了一點，剩下的那一點，是用來養老的，雖然不夠，但有一點也是安心的。」以前她沒有擔心過，她精打細算地養大兒子，兒子又準時拿家用回家，但是現在不行了，錢落在方芳的手上，不給又開不了口要。栗子很新鮮，用開水燙一下去殼，燙傷的手浸在開水裡又縮了回來，拿了一副筷子去撈，好不容易才把一斤栗子剝完。剛剛買的時候忘了手受傷了。甄珠看着自己紅腫的手。燜好雞，洗完魚吊起瀝幹，牛肉醃在青花盆子裡，又用洗米的水浸泡芹菜。「現在都是農藥，要多浸泡一些時間。」甄珠的自言自語已經變成了習慣。

看了看時間，下午四點多了。小孩們很快就放學回來了。甄珠走去把浸在盆子裡的拖鞋洗了一下，拖鞋的鞋底坑坑窪窪都是青豆泥，她使勁地用刷子刷着。手痛得忍着，不然這些事情誰做呢？晾好鞋子，按下了電飯煲。又看了看時間，終於可以休息一下了。一天中唯一清靜的時候，甄珠坐在屬於自己的沙發上閉上了眼睛。只有此刻，在時間的空隙中，閉上眼睛，才覺得自己是自己的人。電話鈴聲響起的時候，甄珠從沙發上跳了起來，到底是睡了多長時間？好像一輩子。「媽，忘了告訴你啦！今天兒子同學開生日會，我們不回來吃飯啦！」電話裡傳來家寶抱歉的聲音。

天色漸漸暗了下來，人家窗户裡的燈光次第亮了起來。甄珠走進沒有窗户的廚房打開燈。豆腐乾大的廚房內塞滿了東西。冰箱上放着微波爐，微波爐上面是頂天的櫃子，櫃子下，洗碗盆旁邊就是煮食爐。煮食爐上栗子燜雞的香味在狹小的空間內蔓延着。甄珠嘆了口氣：「唉……不回來吃也不早說，辛苦做好的飯菜又要隔夜了。」她把火熄滅，又嘆了口氣，將浸在洗米水裡的芹菜放在籃子裡瀝水，醃在青花盆子裡的牛肉和瀝乾的魚放在保鮮盒裡，又從電飯煲內拿出鍋子用保鮮膜包好，全部放進冰箱。甄珠坐回沙發上，閉上眼睛，忙了一天，就想一家人一起吃餐飯。她想起兒子小時候，每天都捧着飯碗狼吞虎嚥的樣子。「媽媽做的栗子燜雞最好吃了！」可是，現在家寶早出晚歸，即使住在一起，連見面也那麼難。

六

「嫲嫲，開門！」

「嫲嫲，我們回來了。」

門鈴響起的時候，甄珠睜開眼睛，天已經全黑了。甄珠從沙發上站起來，打開門。一陣刺眼的光亮從走廊裡傳來，門口站着的兩個大人黑着臉。

「怎麼了？小寶貝，怎麼唬着個臉？」甄珠彎下身抱起其中一個，又去拖第二個。

「爸爸説媽媽沒有提早告訴嫲嫲今天不吃飯。」

「媽媽説為什麼什麼事情都要她記得？」
「爸爸説媽媽沒良心。」
「媽媽就生氣了！」兩個小孩七嘴八舌地説着。
「沒事的，嫲嫲把好吃的都留着呢！」甄珠連忙打岔，心裡倒是暗暗高興，還是沒有白養了兒子。她更加積極地幫孫子脱鞋，換鞋。「你們快去洗手，還有一大堆功課沒有做呢！」方芳一把拖過其中一個塞進洗手間，又來拖第二個。
「還有功課沒做？」甄珠不由地看看牆上的鐘，灰白的牆上有一個森林小屋子，樹屋里的小黃鳥不失時機地跳了出來，唱了首歌。歌詞大概是這樣：晚上十點，刷牙洗澡，准備上牀，做個好夢。
晚上十點的時候，甄家小小的客廳裡拉開了一張簡便的折疊桌，兩張簡便的折疊椅上坐兩個長得一模一樣的小孩，一個邊搖着折椅邊寫字，一個已經趴在桌子上睡着了。醒着的小孩用手去推半睡的那個小孩。浴室裡傳來嘩嘩嘩地洗澡聲。甄珠坐在沙發上看着每天上映的家庭劇。

「說了多少次了，不要搖來搖去，字都寫歪了，坐好才能做功課。快重寫！」方芳尖鋭的聲音在甄珠聽來簡直就是雜音。接着方芳又去推睡着的小孩「快點！快點！快點寫作業，否則明天怎樣交功課呢？」

「媽媽我好累，我好想睡覺。」小孩可憐兮兮地求情。

「今天的事情今天做，快做！」方芳一邊叫嚷着，一邊圍着折疊桌走來走去，權威式地拿着橡皮擦着小孩的作業本。

兒子拿着毛巾抹着頭從浴室裡走了出來：「算了算了，別做啦！你看他們都累成那個樣子啦！」

方芳突然像吃了炸藥一樣嚷了起來「你以為我願意嗎？但是他們明天要交功課。如果現在不好好地讀書，長大了也像你一樣買不起房子？」

「你這人不可理喻！」兒子的聲音緊跟着嘟嘟囔囔起來。兩個小孩看到父母在吵架，嚇得趕忙認真地寫起作業來。

甄珠忙從沙發上站起，把兒子推進房間，連聲説「快、快、你快睡覺，明天你還要早起上班。」

「哪有福氣不上班啊！」方芳陰陽怪氣，提高聲線。

甄珠嚇得再也不敢坐在沙發上看小孩寫作業了，她連忙跑到浴室去收拾。客廳留給方芳。她不明白，這樣一邊叫一邊罵一邊拿着塊橡皮看到一個錯字就擦一個字，小孩能做好功課嗎？她什麼也不敢說，她只能做家務。這個家已經不屬於她了，她連睡覺的地方都沒有。她坐立不安，她能做的只是家務。

甄珠拿着地拖拖了一下濕嗟嗟的地。又拿抹布抹了抹鏡子上的水蒸氣，鏡子裡出現個惶惶不安的女人。女人的鳳眼中含着淚，臉上的皮膚還相當細膩，只是在眉心有着幾條淺淺的皺紋，她的頭髮是自然捲曲的，已經很長了，去髮型屋弄頭髮很貴，所以她把頭髮盤在頭上。穿着一件簡單寬鬆的白色T恤衫，從輪廓上還是可以看到她豐滿的胸部。甄珠看着鏡子裡的自己就彷佛看着一個陌生人。心中虛空着，彷佛那麼多年的堅持，都突然落空了。落空了，只剩下自己。落空了，連賴以生存的殼都快要不見了。

「憑什麼，這個可惡的女人搶占你的房子。憑什麼，這個可惡的女人霸佔你的兒子。憑什麼，這個可惡的女人辱罵你。」鏡子中的女人一副恨鐵不成鋼的樣子：

「你就這麼傻啊？做一輩子的菲傭？」

「可是，要知道我們家條件很一般，能有個女孩子嫁進來已經不錯了。而且，你知道我從來沒出去上過一天班。我沒有外出工作的能力啊！」甄珠為自己辯護着。

「好吧，那就等着有一天她把你踢出家門吧！」鏡子中的女人鄙視地看着甄珠一眼，隱沒了。

「為了兒子，為了還沒長大的孫子，我要忍。吵架只會讓兒子難做，讓孫子難受。」甄珠搖搖頭，趕走了僅有一絲的想法。「這是我的家，我還能去哪裡呢？」

她從洗手盤下的櫃子裡拿出個塑膠袋，蹲在地上，打開垃圾桶。哄的一聲，她的世界倒了下來，一件白色的T恤衫被壓在一大堆廁紙下，T恤上有個超人神氣活現地伸出拳頭從廁紙下面舉了上來。那是兒子小時候穿的衣服，很好的棉質，兒子大了就穿不上了，她一直不捨得扔，拿來自己平時做家務時穿。怪不得早上晾衣服的時候看不到衣服，原來都在垃圾桶裡了，肯定是給方芳扔的。她憑什麼扔我的東西。她現在開始扔我的東西了。鏡子中的女人出現在眼前，鄙視地看着甄珠一眼「好吧，那就等着有一天她把你扔出家門吧！」甄珠再也忍不住了，她蹲在地上，蹲在垃圾桶和馬桶的旁邊，眼前是兒子小時候穿着新衣服的樣子：「我是超人，要打怪獸！」她突然轉身打開洗手間的門。

「嫲嫲，你快看看，我的字寫得多好！」

「嫲嫲，你看我的，媽媽説我這幾個字也很漂亮！」打開洗手間的門，孫子們可愛的笑臉出現在眼前。甄珠硬生生地將自己的怒火忍了下去，雙手撫摸了一下小孩毛絨絨的頭髮。「嗯，真棒！」她回過頭，走進洗手間，將裝着超人的垃圾袋子用力綁了一個結。又走進廚房，將廚房的垃圾袋取出。打開大門，將兩袋子垃圾扔在後樓梯的垃圾桶裡。看着超人淹沒在垃圾堆裡，超人被怪獸打敗了。甄珠走回洗手間，關上門，打開水龍頭，將手放在水裡，只有此刻，在時間的空隙中，閉上眼睛，才覺得自己是自己的人。

甄珠鑽進淺藍色布簾的時候，已經差不多十二點了。看着布簾上的光暈已經很深了，再過幾分鐘，新的一天就要開始了。這樣的日子似乎已經很多年了，沒完沒了的長。甄珠睜着眼睛看着沙發上空，那塊掉了牆粉的天花，在窗外路燈地反射下，歪歪扭扭，像隻蝸牛。想到種種煩心事，睡睡醒醒，根本無法入睡。甚麼時候是個盡頭啊？我已經是這個家多餘的人了。

電話鈴突然響起，在小小的空間發出刺耳的聲音。甄珠嚇了一跳，從沙發牀上彈起，鑽出布簾，拿起電話，電話裡傳來維多利亞的聲音：「我回來了，明天出來喝茶吧！想死你了！」

「可是……」甄珠猶豫着。

「不要可是了，明早十一點老地方見。」

放好電話，房間裡傳來方芳的聲音：「吵死了，還讓不讓人睡覺，這麼小的地方，這日子怎麼過下去啊。」這日子怎麼過下去啊……甄珠緊縮着眉頭，鑽進了自己的殼。

七

淺藍色的布簾一拉一開，黑色天空亮了起來。「嫲嫲再見！」門砰的一聲關了起來。甄珠望着鏡子，梳起頭。黑幽幽的長辮垂在藍布校服上。舞臺下掌聲雷動，甄珠開心地笑着，羞澀地低着頭，黑色的大提琴閃着亮亮的光。少女時代的甄珠是光彩無比的。鏡子像電影，時光匆匆過。鏡子前的甄珠，白T牛仔褲。一晚沒睡好的她，眉心中的皺紋更深了。

甄珠和維多利亞的老地方在中環蘭香閣，甄珠到的時候，維多利亞穿着一件紫色的連衣裙，坐在卡座內捧着一杯藍莓奶昔喝得津津有味。甄珠笑着在維多利亞面前坐下。好多年不見的朋友，就像昨天才分開。那時她們十多歲，家境富裕，傳統名牌女校生，那身藍布旗袍總能讓她們贏得無數羨慕的目光。放學時，她們嬉笑着從長滿杜鵑花的山路上走下，她們並肩坐在茶餐廳説着説不完的話。「喝咖啡、奶茶，太老積了。喝牛奶很幼稚，紫色的藍莓奶昔，很適合我們身份和品味。」年輕的維多利亞明媚皓齒，巧笑嫣然。

「十幾年沒見了。上次見面還是家寶結婚的時候，現在連孫子也有了，時間過得真快。」雖然有了年紀，維多利亞依然風韻十足。「還好嗎？」維多利亞拉起甄珠的手。那是兩雙有了年紀的手，經過了那麼多年，細白的手早已長出了青筋，像蚯蚓鼓在斑駁的地下。

甄珠搖了搖頭：「房子太小了，和方芳處得不好。我覺得自己是多餘的，妨礙了他們一家人的生活。」

「聽我說……」維多利亞繼續拉着甄珠的手：「孩子們不可能陪你一輩子。你為這個家庭，為兒子，已經付出三十年的時間，一個人有多少個三十年啊！過去的時間永遠回不來了，可是以後的路還得自己去面對。再找個人吧，一個人實在太辛苦了，只有你的伴侶才能陪你走下去。」

甄珠點點頭，又搖搖頭。

維多利亞焦急地說：「你看你，這麼多年，把自己囚禁在自己的小房子裡，甚麼活動也不參見，一心一意地為兒子，你的生活重心只有兒子，只有家。以前的甄珠去了哪裡？」

以前的甄珠是怎麼樣的，她自己也記不清了，她只記得那時是快樂的，每天都笑得像枝頭的花在春風中顫抖。

她每天從早忙到晚上，但又不知道這樣算不算作忙。正如維多利亞所說，她一心一意為兒子，她的生活重心就只有兒子，供書教學，哪一樣不要心力？三十年多年的光陰給了這個只有兒子的家。現在兒子結婚了，有了自己的家庭，她就變成了一個多餘的人。「現在的家寶，每天忙着工作。就是晚上在家裡吃飯，也只顧着和兩個孩子講話。」甄珠苦笑地說，又連忙為家寶開脫：「他忙。」

「誰不忙？只看你把誰放在心上。放在心上的人，自然有時間去陪。沒放在心上的那個，就是住在一起也是忙着不見。」

八

甄珠拿着兩袋菜打開家門的時候，發現方芳竟然已經在廚房裡忙着煮食。兩個小孩一個趴在沙發上，一個坐在地上下着飛行棋。「媽，你回來啦？」甄珠嚇了一跳，多久沒有聽到方芳這樣叫她了。「媽，快洗洗手準備吃飯吧，家寶今天加班不回來吃。」今天是什麼好日子？方芳開始示好。一定是家寶昨晚説了她，她覺得自己不對了。一家人沒有隔夜仇，甄珠一邊洗手，一邊看着鏡子笑了起來。她的笑是由心而發地，鏡子中的女人這一次什麼也沒説，只是跟着甄珠傻傻地笑。

晚上六點多的時候，甄家小小的客廳裡拉開了一張簡便的折疊桌，折疊桌擺放着一桌街市買的熟食。兩個小孩子一邊搖着折椅一邊啃着雞翅膀。「昨天晚上的菜都在冰箱裡放着，熱一下，炒個青菜就可以吃了。」甄珠心疼着昨天那桌好菜。

「冰箱裡塞了那麼多東西，也不知道是幾時的，我都扔了。」方芳的臉沉了下來。

「吃熟食沒營養。」甄珠忍不住地又加了一句，不過聲音是小了很多。難得好氣氛，甄珠提醒着自己。

「媽，街市的肥仔送了一盆梔子花給你。他說，你最喜歡梔子花。」方芳指了指牆角。一盆種在青花盆內的梔子花，皎潔的花瓣，淡淡的花影，葉子綠得發光，在昏黃的牆角處，有着淩寒獨自的優雅。時間隨着花影被拉的老長，她記起亡夫雖然對她好，但總是工廠出身，一副邋遢的樣子。他總往她養的梔子花盆裡彈煙灰，扔煙頭，直到有一次，她氣得口不擇言讓他去死。結果，一出門，他真地被車子撞死了。他就這樣莫名其妙地死了，印證了算命先生的話：命硬。娘家人迷信，不讓她回去了。減少往來之後，甄珠反倒覺得輕鬆自在了。守着那份家當，不用看任何人的臉色，甄珠獨自一個人帶着兒子。那時候，她是這個家的主，哪像現在處處看人顏色。

「媽，熟食店的老闆説，肥仔好有錢的。房子有好幾間，都拿來收租。花店也是他的房產，要不是無聊打發時間，早就可以退休了。」甄珠隨口哦了一聲，這些事她早知道。看着她不搭嘴，方芳一邊幫小孩夾了點菜，一邊又眉飛色舞地説了起來：「媽，熟食店的老闆説，肥仔對你有意思了很多年，保管不會虧待你。」怪不得今天去買菜的時候，那些店老闆對她不同尋常地笑。怪不得方芳今天對我那麼親熱，原來是來做説客，原來是趕我出門。

甄珠心裡已經氣得直打哆嗦了，她硬是把這口氣吞了下去，冷冷地看了方芳一眼：「花給人家拿回去，香氣太厲害，小孩會過敏。」她起立轉身走進浴室，「嗙！」的一聲，她用關門聲表示着她的憤怒。

「媽，肥仔對我說了，如果你肯嫁他，所有的房子都是你的。」方芳不死心地叫了起來。要不是為了兩個孫子，甄珠是一定要出去和這個女人理論。可是，小孩在外面。她的心猛烈地跳動起來，她用手捂着心臟，汗水就一滴滴地流了下來。她的心臟有先天性裂痕，她是受不起刺激的。

方芳卯足了勁，站在浴室門口不依不饒：「媽，你不為我，也請你為兩個小孩想想。媽，房子實在太小了。小孩子一天天長大，不能總和我們睡在一張牀上。媽，我和家寶已經好久沒有在一起了。媽，我求你考慮一下吧！」兒媳的聲音越來越小，帶着抽泣。

「我不是你媽，你把花給人拿回去。」甄珠打開浴室門，冷冷地看了方芳一眼

「嗙！」的一聲，又關上門。

鏡子泛着青青的光，鏡子中的女人冷冷地笑：「她要把你踢出家門，她迫不及

待了。」「她有什麼權利，兒子始終聽我的。」鏡子前的女人辯駁着。

「你的兒子已經是別人的老公和父親了。他已經不屬於你了。」

「什麼才是我的呢？這些明明都是我的，我的房子、我的兒子、我的孫子，什麼時候開始變了？」

「她說的就是事實啊！你的房子、你的兒子、你的孫子其實也是她的房子、她的老公、她的兒子，在法律上，他們才是真正的一家人。兒子結了婚就不是你的了，送人情、送花圈、做帛金都分開計。」鏡子裡的女人冷靜地說。甄珠已經無法抑制自己的悲哀，自己苦守了三十多年的家，一直在她的操持下風平浪靜，她不是沒有機會再嫁，可是誰會真正愛別人養的小孩呢？為了兒子，她堅持着。直到這一刻瀰漫與天地的淚水窮洪荒之力而來。沖垮了堤壩，肆意在臉上蔓延。她拼命地用袖子擦臉，嗚咽聲卻越來越大，「砰！砰！砰！」心跳了出來。

九

「媽！媽！媽！你終於醒了！媽！你終於醒了！」不知睡了多久，聽到家寶的呼喚聲從遠處傳來，甄珠辛苦地睜開眼睛。眼前彎腰坐着和她相依為命的兒子。那個像極了他爸爸的男人，蒼白的臉，黑色的眼圈，滿臉的鬍茬。「媽！你嚇死我了」家寶將臉貼在她的身上，兒子是她的心頭肉。醫院內瀰漫着漂白水的味道，蒼白的牆、蒼白的牀、蒼白的臉。「媽，醫生說你氣急攻心，方芳跟我說了肥仔的事情。媽，她糊塗，您別怪她。是我不爭氣，是我沒能力買房子。」時光倒流，好像回到了很多年前，她的前夫動不動就哭，甄珠嫌他窩囊。此刻，她突然厭倦起來，多窩囊的兒子，看着自己的母親受欺負，連話也不敢說。「媽！肥仔喜歡你的事情，我從小就知道的。媽，肥仔沒有老婆小孩。媽，或許這是一個機會。」她的兒子已經不是她的了，他遺傳了他爸爸的俗氣。他已經聽命於那個長着圓臉卻叫方芳的女人。這個讓她為之付出所有的孩子，已經不是她的了。這麼多年的心血付之東流，到後來她什麼也沒有了：「你先回去吧！我想睡一下。」兒子逼着媽改嫁。甄珠向着空氣揮了揮手，閉上眼睛，淚水無聲無息地流了下來。她的臉帶着淡淡的譏嘲，彷彿看到了無比荒誕的事情。

十

白色的T恤，藍色的牛仔褲，五十三歲的甄珠隨便紮了個髮髻。五十三歲的甄珠怎麼看也沒有五十三歲，藍色的牛仔褲繃緊在腿上。五十三歲的甄珠看上去也最多四十。素臉的甄珠站在肥仔花店門口的時候，肥仔正穿着一件汗衫翹起腳，搖着椅子，拿着牙籤有事無事地撩着牙齒。看見甄珠來，隨手將牙籤插在花盆裡，左手搓右手，右手搓左手，連説話也結巴起來「甄，甄小姐，早晨啊！」

甄珠微微皺了皺眉頭，她本來是來付花錢的，看到肥仔的小動作就忍不住想到了亡夫扔在梔子花盆裡的煙頭。粗人，甄珠不喜歡粗人，不管他有多少錢。甄珠將早就準備好的錢放在櫃檯上。肥仔就更加手足無措了：「我，我，就一盆花的事情，你還一定要付錢。」

甄珠鳳眼一笑，兩眼多了兩條皺紋，但這一點也不影響她的美，反而更增添了一絲風韻。素臉的甄珠在肥仔的眼中是我見猶憐的清純。「買花當然要付錢。」

「我，我知道你看不起我。嫌我粗人，可，可是這只是一點心意。你就收下吧！」這一次，甄珠沒有堅持。她知道自己為甚麼沒有堅持付錢，留有一點餘地，或許他朝真的會相逢。她的心裡不禁悲哀起來，老來無情，人到老了，真的身不由己了。

甄珠除了還花錢，其實還有一件事情有求於肥仔。「維多利亞剛從英國回來，問也沒問就幫我報了校慶的演奏表演，我們會表演畢業典禮時合奏的曲目《天鵝》。她還包攬了定花牌的工作。可是現在她扭傷了腳，綁了石膏，只能睡在牀上休息。花牌的事情就只好麻煩你了。哦，忘了說維多利亞是我多年的好友。」甄珠斷斷續續地講着，肥仔臉上的肉都堆在一起笑了。三十多年的街坊，甄珠從來沒正眼看過他，今天居然和他說了那麼多話。他的笑是由衷而發的，自從甄珠剛嫁過來這區，第一次過來買花的時候，他就喜歡上了她。而從現在開始，這一切似乎有了眉目，肥仔臉上的肉又堆在了一起。「秋涼了，多穿件衣服吧！」甄珠揮揮手說着再見，肥仔高興地笑，高興地左手搓着右手，高興地看不到眼睛了。

十一

深藍色的絲絨幕布緩緩拉開，燈光暗了下來。坐在學校的舞臺上，閉着眼睛，盤着髮髻的甄珠，穿着藍布校服的甄珠彷佛又回到了少女時代。幽暗的河面倒映着點點的星光，一隻擁有雪白羽毛的天鵝靜靜地梳洗着自己。大提琴獨奏奏出天鵝的旋律，牠優美高雅卻又孤獨離群，牠游於水中，孤獨地在深藍色的河中舔理着流血的傷口。鋼琴伴奏着河水緩緩地流動。天鵝慢慢地仰起頭，聖潔向着星空，拍打着受傷的翅膀，飛向月亮。三十多年後的今天，甄珠真正體會到天鵝的憂傷。

柏林靜靜地合奏着，《天鵝》是他熟悉的曲目。並不純熟的大提琴技法在眼前藍袍女子真情的演繹下，已經顯得不足掛齒。她甚至超越了一個專業的表演者。憂傷的天鵝在河面上滑動，大提琴和鋼琴的聲音在空氣中凝結着愁緒，舞臺上下因為某一種狀態而彼此糾纏着。琴聲如水聲停止好久，場下才恍然大悟似地爆發出雷鳴般的掌聲。此時的甄珠如夢初醒，熱淚盈眶。

「剛才的表演嘉賓，大提琴是我們學校八零界的學長甄珠女士，鋼琴是著名音樂家柏林先生。柏林先生以前曾任職我們學校的鋼琴指導。旅居海外之後，一直從事音樂表演工作。這兩位都是值得我們學習的榜樣。值得一提的是，今天的鋼琴本來安排另一位學長彈奏，可是前幾天她扭傷了腳。柏林先生下午才回到香港，沒來得及彩排就答應為校慶做演出，這也是他們兩位第一次合作，請大家再次報以熱烈掌聲感謝兩位精彩的表演。」聽着主持同學的介紹，柏林一陣汗顏，本以為在海外可以有一番作為，到後來還不是在酒店的大堂彈彈鋼琴混飯吃。這一混，就是三十多年，直到最近女兒要結婚了，自己想回來看看新女婿。人老也想歸根，在外面孤身一人始終不是辦法。面對如雷般的掌聲和站在一旁的一雙鳳眼，柏林尷尬地笑了笑。甄珠倒是興奮，對她來講是這一次絕無僅有的空前演出。雖然演出前，她還在埋怨維多利亞自作主張幫她報了名，讓她手足無措，平時也就是抹灰時偶爾把大提琴從櫃子上面拿下來拉幾下，為了這次演出還浪費了好幾千元去琴行惡補。但是此時，她興奮的心情已經停不下來了，猶如那隻受傷的天鵝，她需要別人的傾聽、關愛和讚美。

十二

和柏林一起見維多利亞的時候，已經是半年後了。這半年中，甄珠進入了空前絕後的戀愛之中。那晚表演後，柏林就從校友會的通信錄中輕易得到了甄珠的電話和地址。他們對着手機，好像兩個音樂大師一樣，彼此分享着對音樂的心得。甄珠的出現，在柏林晚年無聊生活中注入了一枝強心針。日漸衰老的荷爾蒙重新煥發出昔日的光彩。多麼優雅的白天鵝，不管是什麼關係，我都要和她有個開始。

也就是校慶結束的第三天吧，柏林登門拜訪了甄珠。柏林精心打扮了一下自己，白色的短袖翻領恤衫，燙得筆挺的黑色長褲，土黃色的尖頭皮鞋，他刻意地將米黃色毛衣披在肩上，裝作隨意的樣子。像棵長了斑點消瘦的樹，樹中間屬於肚子的部分略微凸出，樹皮上少不了的皺紋稀鬆地分佈在上面。六十八歲的柏林看上去也就六十出頭。六十八歲的柏林像一棵長着雪白葉子的老樹春風滿面。

柏林在GOOGLE MAP上查了甄珠家的路線，差不多到了甄珠家樓下時，他打了個電話給她：「我快到你家樓下了。」此時的甄珠正忙着打理房間，桌子上是吃好亂放的碗筷、睡房裡扔了一牀的睡衣，洗手間和廚房保留着每天早上凌亂戰場的痕跡。只有牆角邊的梔子花安靜地站立，越開越艷，散發着芬芳，混合在早上的凌亂中。

這幾天，方芳對自己倒是越來越客氣。甄珠知道，她看到梔子花留在家中，以為她回心轉意了。肥仔一直單身，她恨不得我現在就走，兒子又沒出息。甄珠心裡越發心寒。「現在？我在忙，嗯……那好吧！一個小時之後樓下見」柏林打來電話的時候，甄珠正心裡難受，想着自己一心一意操持家裡大大小小的事情，沒想到到頭來連個落腳的地方也沒有，自己的一切硬生生地給方芳搶走了。

婆媳關係絕不是簡單的雙向關係，而是複雜的三角關係。在這場爭奪戰中，因為對兒子的愛、對孫子的愛，不用打，她已經輸了。她輸了，她知道，自從兒子在醫院裡對她說，或許這是一個機會的時候。她知道，她徹底輸了。但是，無論如何，那個解救她的人不應該是肥仔。肥仔沒什麼不好，可是又有那裡好？

柏林的出現對甄珠來講是孤單的天鵝看到湖面上點點的星星，空虛地等候着奇蹟降臨。柏林說在甄珠的琴聲中，他看到美麗天鵝的哀傷和坦然，說只有經歷生命的手才可以演奏這麼美妙的曲子。他懂我，甄珠似夢似幻地想着。她敏感地意識到柏林到訪，絕不是談談音樂那麼簡單。甄珠一邊想，一邊忙碌了起來，桌子上的碗筷收起放進廚房，疊好的桌子、椅子迅速藏在沙發背後。快步走到兒子的睡房，掛好睡衣，疊好被子。又跑到廚房洗碗。想了想，她拿出剪刀，連枝帶葉剪下了兩朵梔子花，插在玻璃水杯中。她蹲下身子，仔細看看地面，每天都抹的地面很乾淨，就是在斜斜陽光的照射下也是一塵不染的。

看了看時間，還有十五分鐘，甄珠想了想，找了條牛仔褲和一件白色的T恤穿上。家裡已經沒甚麼地方可以讓她擺放衣服了，除了中學的校服她捨不得扔，其餘就剩下幾條牛仔褲和幾件T恤了。洗了個臉，甄珠隨手整理了一下頭髮，烏黑的頭髮如水般一瀉而下，也太長了。出去剪頭髮很花錢，甄珠現在越來越不敢用錢了。她隨手拿了根髮圈紮了個髮髻。鏡子裡的女人，除了眼角邊有兩條細細的眼紋，怎麼看也沒有五十三歲。這一點甄珠是知道的，她一直知道自己的美，就更刻意地凸顯自己這種簡單的美。看了看時間，還有五分鐘，甄珠拿出粉撲拍了幾下，又稍微塗了點胭脂，上了點唇彩。出門之前，甄珠關上了兒子睡房的門，又把玻璃杯中的梔子花放在廁所的洗手盆邊。

十三

甄珠在忙碌的時候，柏林也沒閒着。他先跟着GOOGLE MAP的指示來到了甄珠家附近的街市，並在一家花店裡向一個肥肥白白的男人買了一束白玫瑰。賣花的那個肥仔，聽他說買花送給女朋友，就熱心地幫他包紮起來。他沒心思等，又跑去對面的水果攤買水果。他一邊挑着水果，一邊聽水果攤的老闆和另一個女人閒聊：

「張太家的方芳前兩天又去花店了，我看他們聊了很久，看來好事近了。」

「說不定哦，沒準就真成了！」說着，兩個女人就不約而同地看向對面花店。

柏林順着他們的眼光看去，賣花的肥仔正拿着幫他包紮好的白玫瑰，向他招手。

柏林拿着白玫瑰和水果慢慢走，感到自己有點做客的樣子了。多久沒有這樣正式地對待一個女人了。似乎從來沒有過，以前年輕的時候，有個叫維多利亞的女孩，他是喜歡的。他記得那時他和爺爺一起住在觀塘月華街佳景樓，房間有一小露臺，他和維多利亞常站在露臺上談天、看街景。從露臺看出去，有一家大排檔，當時叫「黃三記」，他們常去那裡吃煲仔飯，隔着煲仔飯的熱氣再回過頭看小露臺，小露臺就好像是他們溫暖的臂膀。這次回香港，他再去看，觀塘重建，黃三記沒有了，維多利亞也消失在時光中。月華街的佳景樓仍在，但小露臺給封了，香港地貴，新業主嫌房間不夠用，把小露臺也封了。小小的環抱着兩人的小露臺，已經看不到了。三十年光景，人事早已全非。

他在甄珠家的樓前樓後轉了一圈。老街安靜，老牌書院的紅色磚牆上山花爛漫，嘻笑聲從牆內跑了出來。甄珠家是老式的單棟式西式住宅，坐落在石板山路上，房子上了年紀。牆面是斑駁的灰白。柏林抬頭向上望着，石梯的旁邊是一棵大樹。老樹蒼勁，氣根長垂到地，根又長枝，枝又纏根，藤根相纏，早已分不清誰和誰了。老樹的根長長的包圍在石梯左右，柏林坐在這古藤石梯上，眼睛被從灰白小樓踏出的甄珠吸引了。

多麼高雅的白天鵝，從灰白的樓群裡飛出，落落大方地站在他的眼前。嚴格意義上講，這是他們第一次約會，其實他們還是陌生人呢！柏林慎重地舉起玫瑰「甄小姐，在下柏林，很榮幸可以遇見您。」

「我也很高興。柏林，叫我甄珠好了。」

「甄珠，你真漂亮，清純的就像那隻白天鵝。」

「謝謝你，柏林」從來沒有一個男人這樣單刀直入地讚美自己了，特別是一個音樂界的前輩。在甄珠眼裡，柏林代表着她從來沒有踏足過的西方。西方有聲音傳來：「上府上坐坐，方便嗎？」要來的終於來了。如果，他是她的救星，他必須知道解救一個怎樣的女人。如果不是，那自己面對的也只是生活上的尷尬。甄珠已經過了懷春少女時期，直接面對起生活。「房子小的很，如果你不嫌棄。就請吧！」

十四

房子真的小的很，門一開就是客廳。換了鞋，柏林走進鋪着刷得發白木地板的客廳。客廳小小的，有一張沙發，沙發前有張小小的裝着四個輪子的茶几，對着沙發的牆上掛着一個掛牆電視。掛電視和窗户的牆角形成L形的牆角邊有一盆開得燦爛的梔子花。

甄珠請柏林在沙發上坐下，自己跑去廚房泡茶。柏林用眼睛參觀着這個小而乾淨的地方，不由被移在沙發一角的淺藍色布簾吸引。甄珠端着個木質茶盤，上面放着一套日式的楓葉茶器。杯子冒着熱氣，甄珠放下茶盤端起茶杯，抱歉地說：「我自己做的黑豆茶，你試試。」柏林雙手接過端起茶杯，指了指淺藍色的布簾，好奇地問：「這是？」

「我的閨房，晚上我睡在沙發上。」杯子搖了搖，杯子裡的黑豆茶差點晃了出來，柏林覺得自己不該多嘴，窺探了別人的隱私。身子不由自主地朝前移動了一下，坐在了沙發的一角。畢竟這是她睡覺的牀。可是不坐沙發的話，連一張多餘的椅子也沒有。「我和孩子們一起住。」甄珠倒是落落大方地坐下，斜斜地坐在沙發的另一角。「黑豆茶很好喝，有點像玄米茶。」柏林開始沒話找話。

「聽說可以烏髮，所以我自己做了很多，喜歡帶一瓶回去吧。」

「謝謝！謝謝！」柏林忙不迭地說。接下來就不知說甚麼了，畢竟是兩個陌生人。柏林甚至有點後悔自己突然上門拜訪，這空白的時間多少讓他和她都有些尷尬。梔子花的香味在狹小的空間散發出來，陽光下，塵埃起舞，晃動地讓人心煩。

「我去把花插在花瓶裡」，甄珠拿起柏林送的花走進廚房。打量着這小小的空間，柏林很容易猜到甄珠的生活狀態：一個完全沒有私人空間的女人。柏林站起身，靠在廚房門上，看着甄珠擺弄着玫瑰：「你還好嗎？」這哪是剛剛才認識的人問的話，這是久別後的重逢，親人間的問候。

甄珠忍了忍，把插好的花放在廚房的一角，抱歉地說：「只能放在廚房了，小孩不會進來。」

「好不好你都告訴我。」柏林一手拉住甄珠的時候，甄珠的眼淚就下來了。從來沒有人問她好不好。大家都知道她不好，也從來不問。她一個女人帶着兒子，把他帶大，吃了多少苦，受了多少罪。午夜夢迴，她也想有個堅實的臂膀可以依靠，可是只要天一亮，她的傲骨就醒了過來。沒有過不去的事情，她一而再地提醒自己，她總是和着血吞進肚子裡。她不允許自己不好。她沒有理由不好。可是，現在不一樣了。兒子不再聽話了。他被另一個女人搶走了，那個女人不但搶走了她的兒子和孫子，現在開始來搶她的房子了。她忍不住地哭了起來，在柏林面前，在這個才第二次見面的男人面前，毫無顧忌地哭起來。

有風來，淺藍色的布簾搖擺了幾下。柏林眼前是一隻含淚的天鵝，坐在沙發一角捲縮着身子。白色的梔子花在狹小的空間散發着濃鬱的香氣，靜靜地陪伴着痛哭中的天鵝。柏林有點猶豫，他知道自己並不想踏進別人的家庭生活，他只是欣賞白天鵝的美麗，而無心去為她治理傷口。女人很麻煩，這件事他清楚得很。可是看着哭得如此傷心的甄珠，他又不忍心。他不忍心看着自己心儀的女子如此傷心。他挪了一下身體，靠着甄珠。他的手撫摸她的頭髮，他認真地看了看，幾根白色的頭髮藏在黑髮的後面。看着這幾根白髮，柏林才覺得心裡踏實一點，這樣才是她的年紀。他的手用了點力，她順勢挨向了他的肩膀，這是久別後的重逢。

甄珠哭哭啼啼地述說着，柏林幾乎可以用寡母情節四個字來概括甄珠的事。他有一句沒一句地聽着。一個女人，沒有任何精神和娛樂生活，全部的心血都在獨子身上。兒子是她的命，現在她的命被另一個女人奪走了。沒命了，要活下去就要續命，她必須找到另一種寄託或者另一個人。

想到自己有可能成為甄珠續命的人，他的心就不由自主地激動起來。離婚也差不多十幾年了，這些年，他需要支付前妻的贍養費，日子過得並不體面。他心有餘悸地想：離婚那麼久，她的前妻就吃定了他。她也不嫁人、也不工作，辛苦攢來的錢基本只是轉手就到了前妻的口袋中。加拿大的房產歸了她，他保留了香港的祖屋。柏林恨恨地想，要不是香港還有一家店面，還可以靠租金過日子，單靠酒店彈琴的收入他還怎麼活？他又想：現在好了，女兒畢業出來工作了，可以不用供學費了，如果有合適的女人還是應該找一個。每天這樣一個人過日子，實在無趣得很。眼前這個女人雖然初識，卻對自己說了那麼多掏心窩的話，柏林聽着，心中就升起了英雄救美的心。

陽光漸漸轉移了方向，光束中的灰塵也跟着消失了。灰白的牆上有一個森林小屋，樹屋里的小黃鳥跳進跳出了好幾次。甄珠絮絮叨叨地說着，潘朵拉的盒子一旦打開，所有的委屈就變成鐵定的事實，說着說着就變真了。說着說着，連甄珠也開始相信兒媳趕她出門是事實而不是猜測。說着說着，甄珠開始堅信為了兒子和孫子的幸福，她也必須把自己嫁出去了：「我知道一個女人帶小孩的苦，所以我不會要求他們離婚的。」

聽到這句，柏林差點笑出聲音來：「兒子一定會聽你的。」一點盲目、一點自信、一點善良、一點可愛、一點傻，這個女人有點意思。柏林有一句沒一句地聽着，漸漸後悔自己打開潘朵拉的盒子。而此時，甄珠早已忘了時間，一個勁地講着三十年的故事。直到門鈴響起。

門鈴響起，甄珠從時光中穿梭回來，方芳已站在門口。方芳沒想到家裡突然出現了一個客人，這個不速之客讓她多少有點驚訝，方芳從未見過婆婆帶客人回家。更讓方芳驚訝的是婆婆紅腫的雙眼。人真的不能比人，自己的媽媽和婆婆年齡差不多，可是媽媽已經變成了老太太。可是婆婆呢，即使哭，也是梨花帶雨般的好看。

十五

方芳第一次見到婆婆的時候，才知道為什麼家寶長得好。家寶長得好是有原因的，他遺傳了婆婆的美。白紙一樣的皮膚，丹鳳眼斜斜勾魂，家寶就像文藝片中的男主角一樣讓方芳一見傾心。他的兩個小孩也遺傳了婆婆的美。這是美麗的一家子，讓人賞心悅目。可是偏偏她不美，圓滾滾的脖子、肥厚的下巴、眼睛和嘴巴都是凸凸的，有時家寶跟她開玩笑說她像一條金魚。這樣的她和他們走在一起完全不是一家人。

方芳一直是有心思的人，當初在娘家，她們八個姐妹就她最得父母喜愛，就她讀了大學。認識了家寶後，也就是她在眾人手中贏得了家寶。當初得到家寶，她是使足了手段，用足了心機。現在她也要擊敗她唯一的對手，成為這間房子真正的女主人。方芳每天都在盤算：房價那麼貴，靠自己和家寶的人工怎麼可能買房子？更何況這間房子雖然小，但畢竟是私人樓宇，又在名校區，兒子以後讀書是不用愁了。

讓她下定決心趕走婆婆還有一個重要的原因。結婚後不久的一天晚上，婆婆突然推門走進睡房，關上空調，並為家寶蓋被子。第二天，婆婆說家寶睡覺會踢被子，要他們開着門睡覺。方芳沒理她，婆婆也只能作罷。漸漸地，傳說中寡母難應付的景象逐一發生着。有了小孩之後，睡覺已不能關上門了，說是為了方便照顧小孩。婆婆喜歡穿家寶的衣服，説是還可以穿別浪費。婆婆搶着照顧兩個兒子，説她上班太辛苦，但又溺愛他們，把兩個小孩寵得無法無天。種種行為逐一發生之後，方芳就暗自下了決心。

當然婆婆沒那麼容易趕走，家寶是不會同意讓他媽媽一個人住的，這點她很清楚。所以，她一直忍着。直到前段時間，她去街市買菜，從熟食店老闆那裡知道了肥仔一直喜歡甄珠的事情。她是這樣説服家寶的：「媽媽還那麼年輕，她已經為你犧牲了半輩子，她有機會開始新的生活，我們應該鼓勵和支持她。」家寶就是那種傻傻的人，當方芳對他説完那番話時，他努力地反思了一下自己，覺得母親確實為自己和這個家庭犧牲太多了，他跑去醫院，對着自己的母親説要好好珍惜肥仔這個機會。他以為這樣足以解開了甄珠的心結。

而今天，眼前這位鶴髮童顏的老人無疑比肥仔優秀的多。方芳似乎突然明白婆婆為什麼躲在在廁所裡大哭，為什麼不肯接受肥仔的緣由。想到眼前的這個人可能幫她實現趕走婆婆，成為這間屋子真正的女主人，方芳從一開始的驚訝，變成無比雀躍、無比熱情：「您住在哪裡？」「有小孩在身邊照顧嗎？」柏林是在方芳殷勤地招待中嚇退的。看着方芳如此的熱情。甄珠更確定了心中的揣測。柏林狼狽逃走，面對方芳停不了的問題，他有着醜媳婦見公婆的難堪。方芳的問候是尖銳而又一針見血的，她根據婆婆的介紹，柏林先生是剛剛從加拿大回來的鋼琴演奏家這句話中，迅速判斷並作出估算。直到柏林倉皇告退，她也熱情地送到電梯口，不停地揮手：「柏林叔叔，再來坐，下次一定再來！我媽媽煮飯可好吃了，下次一定要來試試啊！」

十六

自從去過甄家，柏林的心倒是冷靜了一點。見識了甄珠的兒媳之後，他是覺得自己惹不起這一家子。「這是甚麼世道？兒媳婦幫婆婆找老公。」柏林覺得整件事情都有點滑稽。女兒帶着她的律師男朋友回家見他，又開始籌備婚嫁之事。一時忙，也就少了和甄珠聯繫。柏林不在手機上和甄珠聊天，寂寞的甄珠又恢復了往日的生活模式。

落幕後，滿堂的喝彩一下子消失了，觀眾都跑光了，只剩下空無一人的演奏廳。甄珠的心裡一陣陣的委屈。明明是他跑來看我，明明掏心掏肺地說了心窩裡的話，怎麼一下子消失了呢？都怪方芳不好，問了人家那麼多尷尬的問題。甄珠眼淚跟着刷刷地流。原本孤單慣了的甄珠，現在只要一出門，看到有人相互攙扶的情景，就有着說不清的羨慕。原本對柏林有的一點點好感，就變成揮不去的思念，這思念，猶如秋日裡遺落在泥土裡的一顆種子。隨着春雨滴，滴嗒。悄悄地鑽出地面，發芽，長葉。然後，慢慢地在心房裡肆意地爬行。直到，心房裡都是他。滿滿的，堵不住的外溢。

十七

在上環皇后大道西，有着這樣一間從六十年代營業到現在的老式西餐廳。經典的紅白格子桌布，牆上貼着不同年代的海報和明星照片。像這樣的餐廳，室內燈火昏黃，爵士樂在細小的空間內回蕩。因為沒有被旅遊雜誌報導，所以人客不多。菜式是平實和老派的，價錢是公道和親民的。這次是甄珠主動約柏林見面。這次見面，兩人不約而同地避而不談家中的瑣碎。他們都喜歡音樂，就這也有着說不完的話題。

他們的鄰桌坐着一對過氣的明星，柏林向着甄珠努努嘴，示意了一下。甄珠貼着柏林的耳朵：「香港地少人多，八卦滿報紙，明星們就像是隔壁人家，今天嫁娶、明天分居，無人不知。」「明星也是凡人。」他們互相耳語着，似乎在分享着彼此之間的秘密。耳朵間的空氣摩擦讓他們之間變得親密起來，這種甜蜜的感覺在兩人心中蕩漾開來。很長時間，他們不說話，只是聽音樂，在音樂聲中醞釀着愛情。此時此刻，柏林眼中的她，知書達理，秀外慧中，溫柔多情。甄珠眼中的他，風趣幽默，知冷疼熱，風度翩翩。

十八

吃完飯，柏林的心就開始熱乎起來。他硬拉着甄珠去了附近的一家金器店，說是謝謝甄珠請他吃飯，說是要買件小禮物紀念他們的認識，他是下了決定和甄珠有個開始了。甄珠不願意，怕被人覺得自己貪財。但又實在拗不過柏林。金店裡燈火通明，金燦燦的一片，各式金器盛放在紅彤彤的盒子內，喜氣洋洋的樣子。一進店，自然有熱情的店員迎了過去，招呼他們坐下。甄珠心想：買一件小首飾吧，日後自己再買別的東西還他。她是不想別人以為她貪財。

有對年輕的姐妹也在買首飾，稍微年輕一點的對年長一點的說：「我真的不想送東西給她。她年齡小阿爸那麼多。一餐飯下來，我們都感到她城府太深，阿爸需要謹慎，不宜馬上結婚。結果，阿爸生氣了，說我們拐彎抹角阻止他再婚，也不和我們商量就領了證。」年長一點的一邊選着金器一邊說：「禮是肯定要送的，只要房子不寫她的名字就可以了。」甄珠有點坐不住了，覺得別人在說她。她隨便挑了副的珍珠耳環，走出金燦燦的店。

白色的珍珠耳環帶在小小的耳墜上，一千多元的首飾帶在甄珠的耳朵上，似乎立刻升值了。柏林像欣賞工藝品一樣看着耳墜下小小的肉，有着上去親一下的衝動。他的心裡升起了無限的柔情，就想馬上可以擁有她。帶着白色的珍珠耳環，甄珠告別了柏林，約好下次見面的時間。

十九

帶着白色的珍珠耳環，甄珠走去街市。街市上的水果和蔬菜變成了一幅幅五顏六色的油畫，甄珠心情格外愉快，她就是那個畫中人。遠遠的，她看到方芳在和肥仔在花店門口聊天，一定是方芳又在查人家的家底，她暗自想。自從上次在家裡見到兒媳三言兩語就問到了柏林的家事，甄珠對這個同在一個屋簷下的女人就更加敬而遠之了。她知道，時光已至，老來無情。這個家已經不屬於她了，她必須為自己找一個老來的歸宿了。

二十

當甄珠拿着淺藍色的毛衣給柏林試穿的時候，樹上的葉子開始變黃了。他們認識已經半年了。窗外的夕陽在青綠色的田園盡頭慢慢墜落，天色開始暗了下來。兩人沉醉在久未出現的情感中，有着說不出的甜蜜。在西貢柏林的祖屋，他們依偎在一起，憧憬着未來。「明年秋天我們就結婚吧！這一年我們把屋子整理一下。」這句話是甄珠說的，不說不行了，方芳已經把肥仔引上門，說是請朋友吃飯，在家設宴接代肥仔。肥仔在甄家小屋裡喝得滿臉通紅的時候，放下豪言：「以後就是一家人了，我單身一人，你們都是我的孩子。我的房子，鋪面全給你們打理。」這事，甄珠沒有和柏林說，她根本就不喜歡肥仔。知道自己怎麼也不會和肥仔在一起。對她而言如果不是為了兒子和孫子，如果不是為了房子，她根本沒想過再婚。如果再婚，一定要找個自己喜歡的人，和這個人必須有情感為依託。

「秋以為期」雖然柏林答應的時候有點擔心，但他已經愛上了甄珠，就把這擔心扔到了腦後。他緊緊地摟了甄珠一下，下了決心。「秋以為期」柏林重複着自己的話。柏林的擔心不是沒有道理的。當他把他再婚的想法告訴女兒，她那個做律師的女兒立刻「啪！」的一聲，放下手上的筷子：「爸，我給你說一件真實的案件。」女兒一臉認真地說：「一名老人單身多年，認識了一個中年女人。那女人看起來還年輕，待人熱情有禮。為了表示好感和誠意，老人多次應女人要求，給她現金、買衣服，還給她買了首飾和手機，並送去三十萬元由其購買結婚用品，總共花費八十多萬。婚後，她的熱度直線下降，總是説老人防着她。房子不寫她的名字，短短半年，他們就結束了。」

「甄珠不是這樣的」柏林嘴上辯護着，心裡又在盤算在甄珠身上花了多少錢？一開始也只是買一些幾千元的小首飾。柏林老觀念，總覺得買首飾好看又保值。直到有一次，買了個十萬多的鑽石戒指。不過實在是那天的店員太能説會道了，也是他一時心動，覺得鑽石保值，要買個結婚戒指送給甄珠，表示一下心意。那天甄珠是一直推卻的，當然後來他執意要她戴上，她就帶着了。「我跟你説，她要嫁你，我沒資格反對。但是房子絕不能寫她的名字。錢也不能給她。」她的律師女兒拋下話。

有了上次婚姻的經驗，柏林對錢財也變得小心翼翼起來。暫時還是不要在房子上寫甄珠的名字吧！萬一兩人合不來分開了，再次分身家，自己還有什麼身家可以分呢？女兒做律師，見識廣，她的話還是要考慮一下的。這樣的心思，柏林自然不敢告訴甄珠，怕她不高興。沒有必要惹她不高興，結婚以後再想辦法寫她的名字吧，到時候，她對我好，和女兒的關係也一定會好的，她和女兒關係好了以後，再加她的名字也一樣的，柏林自欺欺人地想着。

二十一

當樹上的葉子開始脱落的時候，新年就快到了。年將至，甄珠開始進入異常忙碌的狀態。現在，她除了要收拾自己小小的房子外，還不定期地去西貢幫柏林收拾房間。柏林在西貢有一間祖屋。屋子黑瓦白牆，上下兩層，前有田園看景，後有大樹遮蔭。屋外看上去是神仙住的地方，可能是因為太長時間沒人住或者是人丁單薄的關係，屋裡屋外都有着潮濕空氣遺留下陣陣黴氣。和甄家不同，柏林家裡有太多的雜物。甄珠第一次去柏林家的時候，簡直嚇了一跳：門打開，桌子上是沒有收拾的碗筷和一大堆拆開或沒拆開的信件。桌子旁邊的沙發上堆着不知多少時間的過時衣服。沙發旁有個書架，書架上橫七豎八的唱片、雜誌、書籍、報紙和灰塵淩亂地堆積在一起。書架邊還有個書檯，抽屜沒關上塞在抽屜裡的襪子露出一角。數不清的塑料袋包着不知道是什麼物品的東西，里里外外堆得到處都是。甄珠心裡奇怪，外表那麼幹乾淨淨的一個人，怎麼住在一個垃圾桶裡。

自從甄珠收了柏林的戒指，她的心就定了下來，一心一意以主婦的身份幫柏林清潔房子。很快她發現無論她要扔哪樣東西，柏林都會從她手上拿下，說：「也許有一天會用到」「這個有紀念價值不要扔」「這張唱碟我排隊買來的」……很快甄珠又發現，柏林總會以以各種藉口推拖逃避處理雜物這件事。他總會說：「整好還是會再亂掉！」甄珠奇怪：這麼大的房子又是一個人住，怎麼感覺比自己家裡那麼多人住還要擁擠。上個星期收好的一個角落，這個星期再去看，已經堆放了其他的雜物。甄珠重複在周而復始的工作中而毫無進展，不禁覺得有些氣餒。

「柏林，我們是不是秋天結婚？」

「是啊，秋以為期。」

「可是這麼多垃圾怎麼結婚？」

「好啦，我會收拾的。」

柏林隨口討好答應着，這段時間甄珠扔了他太多東西，說實話，他是不願意的。他從不認為這些東西是垃圾，他覺得這些都是他的生活記錄，他是生活的收藏家。一團團的灰塵糾纏在一起成麻線般隨着風飄揚出來，帶着口罩的甄珠滿頭的灰。柏林咳了幾聲，手揮揮。避到一邊去了。灰塵落到他們裸露的皮膚上，有種黏糊糊、刺癢癢的感覺。甄珠帶着口罩覺得喘不過氣來。

新年前的幾天，甄珠提出要柏林去拜訪一下父母，也應該將兩人的婚約向長輩提出。甄珠心想雖然與父母不太親近，但是畢竟結婚大事，也要和家裡人說一下的。柏林隨口答應：「好，正好女兒送了我一盒年糕，我還沒吃，送給伯母和伯父吧！」那天的甄珠本來就因毫無進展的收拾工作而正在生柏林的氣，一聽到柏林心不在焉地說這話，就更生氣了。「不用了！」送禮也要分輕重，甄珠原想讓柏林買一些魚翅、鮑魚、花膠、燕窩當禮物，甄家家道中落，但以前這些也是家常菜。禮太輕不好，送盒年糕，算是提親嗎？這分明就是沒對我上心，甄珠心裡委屈。甄珠有點後悔對柏林說想結婚，時間處久了，甄珠覺得柏林外表乾淨企理，但家中東西亂放，上完廁所不洗手、不沖水，邋邋遢遢的行為實在讓自己受不了。現在，過年要去家中見家長，怎麼可以這樣隨隨便便地拿盒年糕上門呢？這讓自己怎麼交代？

「我這麼忙裡忙外地收拾東西，你一點也不心疼我。」

「我還以為你喜歡收拾呢！」

我就這麼賤，幫別人做鐘點工還要收錢呢。我這是在幹什麼？吃力不討好。一定是我主動提出結婚，他看輕了我。甄珠心中難受。

柏林那天心情也不好，他一個人自由慣了。東西雖然亂放，但他從不覺得有什麼大不了的問題，他在一大堆被甄珠稱為垃圾的物件中，總能輕易找到它們，找不到也沒什麼大不了的，過幾天總能出來。實在找不到了，他會再去買。每次甄珠幫她收拾，他都覺得煩躁，東西經過甄珠一整理，他就找不到。找不到要用的時候，只能再去買。經過幾次這樣的整理，柏林雖然知道甄珠的出發點是為他好，但多少都有點厭煩甄珠來家裡整理東西了。「不用了！」甄珠的語氣告訴柏林她在生氣，但柏林不知道她為什麼生氣。他以為又是自己亂放東西，惹怒了甄珠，想想自己這個改不掉的壞習慣實在也不好，就變得更不敢言了。周圍安靜起來，太陽透過小小的鐵窗照了進來。空氣中的塵埃在光束中舞動起來，隔開了牆上的兩個黑色人影。

二十二

與此同時，肥仔從「兒媳路線」上吸取了寶貴的經驗。自從上次去甄家吃飯，看到她們一家窩在這麼小的房子裡，肥仔就開始忍不住心疼甄珠。沒想到，她那麼要強，這種情況下，別的女人早就找人嫁了，她還硬撐着。肥仔剛開始喜歡甄珠是因為她漂亮，後來見她一人帶大一個小孩，覺得她可憐。到了現在，甄珠就成了他心中的仙子，聖神而高雅。他的心裡更堅定了自己的想法，如果有生之年可以娶到甄珠，哪怕捨棄所有家產，他也願意。從「兒媳路線」他直接走去了「老丈人路線」，在方芳的陪同下，直接去拜見了甄珠的父母。

大年初二的那天，陽光明媚，讓人感覺天地間所有的好事情都在這天發生着。老甄家的客廳裡，穿金帶銀的財神捧着金元寶站在門上眉開眼笑。老紅木的桌子帶着新年的好兆頭，桌上放着紅彤彤的「全盒」，全盒中堆滿了：瓜子、糖蓮子、糖椰絲、油角、煎堆、糖環、蛋散。甄家是老式的人家，雖然家道中落，但對一年一度的年，卻沒有一絲一毫的馬虎。青花瓷的花瓶裡插着銀柳、劍蘭、菊花，今年甄家年花的品種特別多，肥仔在開年之前已經讓方芳送來了。

客廳的當眼處擺放一株桃花，滿盤金黃的大桔子左右護駕。幽香四溢的水仙應節綻放着，散發着清幽的花香。肥仔看着自己送來的花堆滿了屋子，當家做主的感覺油然而生。甄老先生已經很久沒有這樣體面地過新年了，以前他風光的時候也是這樣的。每逢過年，家裡總是堆滿徒弟們拜年送來的禮物，人來人往。可是後來，工廠沒了，徒弟們樹倒猢猻散各自離開，連他最喜歡的大徒弟兼女婿也出車禍死了。算命先生說的沒錯，女兒命硬克父克夫，所以這麼多年，他對這個女兒總是不聞不問。沒想到，這樣的女兒在年過半百之時，居然找到了肥仔這麼好的男人。居然，她還不要。甄珠對肥仔毫不動心，這是聽他孫媳婦講的「如果這樣的男人她也不要，她真的是命不好。」甄老先生是這樣對甄老太太講的。

所以，肥仔即使不拿出那個裝着五萬元支票的利市，甄老先生也已經認定他是不可多得的女婿人選。更何況肥仔恭敬有禮地遞上紅彤彤的利市，一臉真誠地說是孝順錢的時候，甄老先生恨不得今晚就安排他們洞房花燭呢。柏林就在這樣喜氣洋洋的氣氛中，提着裝着魚翅、鮑魚、花膠、燕窩的大禮盒，和甄珠一起跨進甄家門的。「瘦田無人耕，耕開有人爭。」甄老先生摸着胖胖的肚子，笑嘻嘻地眼睛瞇成一條線，畢竟做生意出生，他把兩個買家巧妙地安排在一起，形成了甄珠奇貨可居的局面。甄珠自然被蒙在鼓裡，她只是跟他爸爸說，年初二會帶個朋友回家拜年，怎麼也沒想過在父母家居然會碰到肥仔。

「都是甄珠的朋友，來來來，一起坐，一起喝茶。」紅木的椅子油亮發光，空氣中飄蕩着膩人的花香，甄老太太在廚房裡煎着年糕，「吱吱」聲的油鍋聲響起，糯米的香味為這春意盎然的屋子增添了不少煙火氣。肥仔和柏林像兩個小男孩般各自尷尬面對着情敵坐在椅子上。甄珠更是尷尬和生氣，方芳真是太不像話了，她把肥仔引到家裡不算，還居然把肥仔帶到父母家。

「甄珠學大提琴，可沒少花錢啊，這個女兒我是把她當作明珠一樣捧在手心的養着。」甄老先生擺明了車馬要為甄珠選老公了。這一四方八仙桌，四人各坐一邊，各懷心事。甄老先生瞇着小眼進，仔仔細細地端望着兩個買家。肥仔白白胖胖，肚子大，眼睛小，坐在八仙桌邊好像一袋糯米粉。柏林神清氣爽，挺直的腰。甄珠說他是鋼琴家，看這氣勢是沒錯了。甄老先生手拿茶壺，輪流斟茶輪流盤問。

肥仔自然沒想到還會有個對手出現，他隱約記得在花店見過柏林來買花，原來是送給甄珠的。甄珠長得這麼好，有男人追求她也是正常的，肥仔老老實實地想。柏林心裡有氣，他從不知道甄珠的生活中還有個肥仔。今天原本是來拜年和提親的，照這個樣子是不用提了。想來甄珠是看不上肥仔的樣子，否則也輪不到我了。柏林心裡暗自得意起來。甄父問着肥仔的狀況，生意好不好？家裡住哪裡？肥仔像小學生回答校長提問般一五一十的答着。

聽來肥仔的家境是相當不錯，起碼好過我。我有什麼？除了家裡那間祖屋和一間小舖頭外，就兩手空空了。祖屋也不全是我的，還有女兒的名字。柏林開始自卑起來。甄老先生為肥仔添茶後，又轉身為柏林添了茶。柏林在國外時間住長了，不習慣人家過問他的私事，更不想在肥仔面前回答，看着差不多輪到他回答問題的時候，就推說還有別的事情，也不等主人家反應過來，起身告退了。

看着柏林還沒提親就告退，甄珠心一急也跟着站起來。看着甄珠站起來，肥仔也跟着站了起來。八仙桌邊劈裡啪啦地亂成一團。

「煎堆轆轆，金銀滿屋。」甄老太太左手拿着一盤煎堆，右手拿着一盤年糕，從廚房出來：「吃點點心再走，吃點點心再走！」

柏林也不理會，嘴上說着「叨擾了！叨擾了！」腳已經跨出甄家的門。甄珠知道柏林心頭高，這一走不解釋的話就誤會大了，也不理家人跟着跑進了電梯。電梯裡有人，兩個年輕的情侶各自黑着臉。男的說：「你想瞞到我什麼時候？」「根本就沒有那事，我為什要瞞你？」女的回嘴。

電梯門打開，柏林氣呼呼地跨步走了出去，甄珠跟在後面。還沒出大堂門，就被迎面而來的家寶叫住了，兩個孫子跟着撲了上來，摟住甄珠的腰。「嫲嫲」「嫲嫲，我們來看太公太婆。」大堂的門一開一關，紅色的燈籠也跟着搖晃，甄珠停在門內。大門的玻璃上結着薄薄的霧，柏林越走越遠，消失在薄霧中。

二十三

甄珠和柏林的事情，維多利亞都知道。雖然這段時間甄珠為了柏林，少了和維多利亞見面，但是在Whatsapp裡她們還是無話不談的。維多利亞一直勸說甄珠再找一個，當然她也知道，孩子太小的時候，甄珠是有顧慮的。而且她知道，甄珠一直沒有碰到屬於自己的愛情。沒想到，這次因為校慶的演奏比賽，自己無意中撮合了一對有情人，維多利亞心裡有着說不出的高興。可以和志趣相同的人在一起是一件多麼讓人感到幸福的事情啊！

這樣的愛情，我也曾經有過。那個時候和阿周在一起。那個時候阿周是興趣班鋼琴導師，自己跟他學鋼琴，不知怎麼就愛上他了。她還清楚地記得三十幾年前的那個黃昏，天空上的紅霞燃遍了窗外的山頭。她獨自在鋼琴房練琴，阿周走了過來，站在一邊聽了一會，伸手在鋼琴上和她一起彈奏起來。她看見黑白琴鍵上的修長手指熟練地劃過琴鍵。他們在琴鍵上認識、交談，彷彿是前世的注定。

維多利亞的腳，恢復到可以走的時候，就吵着叫甄珠把柏林帶出來讓她過目。沒想到，人還沒看到，就接到甄珠邊哭邊打來的電話：「我發了很多短信給他，他都只讀不回。」就像讀書時代，維多利亞總是為甄珠出頭一樣，這一次看着老友委屈成這個樣子，她的俠女心又復出了。維多利亞讓甄珠約柏林在太平山上的一家餐廳見面。

維多利亞刻意早到了點，四周走了一下，太平山除了遊客多了不少，建築物有點增加之外，似乎也沒變化。她還記得，三十幾年前阿周生日那天，他們從山腳走到到太平山看夜景。兩人靠着大樹默默地站着，看着腳下燈光璀璨的城市。她知道他的手錶有點壞，悄悄買了一隻。她故意問他幾點，看見他手上佩戴了一隻名貴的手錶，他說是位朋友給的生日禮物。她一直知道阿周有一個朋友，一個比阿周大的女人。她拿在手上的禮物盒放在了背後。那天，她和阿周分手了。

時間真快啊！不知道阿周現在怎樣了？維多利亞慢慢走回餐廳。天高雲淡，山風吹來，冬天的陽光斜斜的點綴在樹林間。這樣的天氣讓她想起三十年前的某一天，她和阿周逛街後乘小巴回家。她很累，在車上打盹。夕陽斜照，太陽的餘暉點點灑在她的臉龐。阿周舉着手拿起剛買的書為她擋着陽光，她躲在小樹葉般的陰涼下，感受着初戀的甜蜜。也是這樣的風，也是這樣的餘暉。可時間已經過去了三十多年。中學畢業後，維多利亞隨家人移民去了英國，這以後讀書、結婚、生子、工作都在異邦，偶爾她會想起阿周，想起那個時候的甜蜜。如果，不是當時彼此年少氣盛，說不定命運會很不一樣呢！

二十四

維多利亞坐在室外餐廳抽着煙，對着天邊那片漸漸暗下去的雲發呆。有位白髮先生走了過來，他挺直的腰，肚腩略有凸顯，微微鞠躬：「請問您是維多利亞嗎？」夕陽斜照，太陽的餘暉點點灑在她的臉龐。她老了，但還有着昔日的神采。灰白的頭髮下，那濃眉下的大眼還是明媚依舊。「阿周？」維多利亞不敢相信地看着眼前的老人。他老了，全黑的頭髮已經全白，臉上的皺紋記錄着時光，但是還是可以辨別出昔日英俊的輪廓。「阿周？」維多利亞不可置信地再問了一次，她的意念真強，阿周居然出現了。阿周在她身邊坐下，這三十年的時光似乎從來沒有出現過，白色骨瓷餐碟變作鍵盤上阿周細長的手。這削瘦的手，三十多年後爬滿了一條條蚯蚓。阿周微微下陷的眼窩裡，有一雙深褐色的眼睛。他看着眼前的風韻猶存的她。他的意念真強，維多利亞居然出現了。

有多少年沒有上太平山了？阿周想不起來了，最後一次好像是自己的生日，和維多利亞一起在山上看夜景。兩人本來處得好好的，因為那塊手表，維多利亞突然就發起小姐脾氣來。說送他表的女人一定和他有關係。有關係嗎？那個時候似乎有又似乎沒有。剛剛出來做事，沒有一點體面的裝扮，似乎也不行。她送了，他就收了。生日那天，和維多利亞為此事吵架分手後，他才和送手錶的未來太太走在一起，後來結婚離婚，這樣一晃就是三十多年。

如果，不是當時彼此年少氣盛，說不定命運會很不一樣呢！當時維多利亞一說分手，自己想也沒想就說好，還不是為了賭氣。想着維多利亞一點也不珍惜自己對她的情意，說分手就分手，就是在賭那口氣。後來，自己去找過她，她們一家人都不見了。就是在賭那口氣，就再也不見了。不見了，似乎這個世界上從來沒有出現過一個叫維多利亞的女子。維多利亞是他青春的夢，醒來後依稀記得一些美好的片段，夢中播下的種子在心裡長根，很多時候他回去看夢裡的花和花下的年華都會隱隱作痛。

餐廳外的夕陽跌在樹叢中，樹上的星星燈亮了起來。時光在這一刻被拉得好長好長，三十多年是多麼長的時間，長到足以讓黑髮變白頭，長到足以讓生命變得面目全非，長到記不清到底多少年。三十多年又是多麼短的時間，在時間的洪流裡，在情人的眉眼間，似乎一切就是昨日。這三十多年來，愛過、恨過、怨過、悔過，在恍恍惚惚中往事如煙般散了又聚，他們彼此在心中紀念着對方，或者也不僅僅是紀念對方，而是在紀念屬於自己的芳華。而這一切，隨着時光早已經飄散的情意，又回到兩人心中，凝結成彼此瞳孔中的那個小小的人。

甄珠就在這時後走到他們餐桌旁，她詫異地看看維多利亞，又看看柏林：「咦？你們認識？」柏林恍然大悟般打岔道：「我剛到，看到以前的學生。上來打招呼。」白色的桌布上擺放着白瓷碟、銀餐具，一朵白色的玫瑰襯着小小的枝葉，插在水瓶裡。甄珠和維多利亞相對坐下，柏林猶豫了一下在甄珠身邊坐下。「維多利亞、柏林」甄珠手心向上，做着介紹，心裡泛起了疑團：他們認識？今天她做東，把他們約出來。柏林這幾天對自己一直不冷不熱的，今天的約會要不是早已説好了，他一樣不肯見面。

甄珠本能地將手插在柏林放在桌子上的臂膀內。柏林下意識的縮了縮，又突然覺得不妥似的，保持原狀，另一隻手拍了拍甄珠的手。這一縮一鬆，甄珠是感覺到的。她沒在意，以為是柏林還在為肥仔的事情生自己的氣。這一縮一鬆，維多利亞是看到的，剛才那如煙般聚攏的情感又飄散開了。「說起來，我們還要謝謝維多利亞，要不是維多利亞腳受傷了，學校找了柏林代替你表演，我們就不會認識了。」甄珠說着，笑着看了一眼柏林把頭挨了過去。可能，另外兩人都不太說話，甄珠今天特別話多。她有點刻意討好柏林，心想一定要把肥仔的事情解釋清楚。

柏林不說話，剛才上山的時候還在為肥仔的事情而生氣。柏林是講面子的人，哪受過這種委屈。對手還只是個在街市賣花的小販。照那天在老甄家的情景來看，肥仔打甄珠的主意不是一兩天的事情了，甄珠說是方芳帶肥仔去老甄家的，那麼肥仔跟他們家的關係就不是一般般。無論如何，甄珠不該瞞着我。柏林氣惱地想：本來今天不想出來的，可是和甄珠已經在談婚論嫁了，十萬元的鑽戒都買了，對她夠情深意重吧？會不會像女兒說的故事那樣，甄珠也是貪財。腳踏兩隻船，什麼都想要？這一點不能不防，都說女人心海底針。不過也好在今天出來，可以和維多利亞重逢。柏林偷偷地看了一眼維多利亞。

穿着火紅的羊絨連衣裙，裙子胸口處是個小小的V字，恰到好處地展現了小麥色的肌膚。灰白的捲髮垂了下來，大眼被遮了一半，眼角的皺紋也被遮了起來。維多利亞低垂着頭，眼睛看着餐牌，有一下沒一下地翻着餐牌。她知道阿周在看她，心裡煩躁起來。我只是他的學生，是我自作多情。那麼多年的思念，原來我只是他的學生。怪不得，當時我脫口而出說分手，他想也不想就說好，原來我只是他的學生。現在阿周和甄珠已經開始談婚論嫁了，我不能破壞他們的關係。甄珠是我最好的朋友，我應該成全他們的。揮揮手，維多利亞叫來了侍應。「我想喝點酒，為了我們的聚會。」

「為了聚會，乾杯！」

「乾杯！」

「為了幸福的生活，乾杯！」

「乾杯！」

「為了久別後的重逢，乾杯！」

「乾杯！」

「為了永遠的情誼，乾杯！」

「乾杯！」

「為了消失的青春，乾杯！」

「乾杯！」

菜上來了，三文魚、牛排、墨魚面，正餐沒吃，酒已喝完，又叫了一瓶。維多利亞臉頰通紅，顯得特別高興，也不說話，只是不停地輪流敬酒。甄珠有點擔心，這一餐說好是她做東，山頂餐廳本來就貴，這樣吃下去怕沒錢給。她又想因為肥仔的事情，她和家裡老的小的都鬧翻了，兒子也不出聲，對她的事情不聞不問。方芳繼續不給家用，自己不問，她也不提出。有一次自己忍不住問方芳什麼時候給家用，她居然叫她問家寶拿，家寶的錢都交給了方芳。這一點甄珠很清楚，這樣下去自己撐不了多少時間，這一點甄珠也很清楚。一碟蝸牛被燒熟了捲縮在殼內，散發着誘人的奶油味，裝點臉面般地撒着蔥花，甄珠看了突然噁心，覺得那盤蝸牛就是自己。就是自己，老了，沒人要了，死了連筋筋骨骨都給人吃了，只留下一個空洞洞的殼。

一餐飯下來，維多利亞已經趴在桌子上起不來了。柏林沒醉，喝了酒也是異常興奮的樣子，滿滿的一碗墨魚面端在面前正拿起叉準備吃，被甄珠一手奪下。「你心臟不好，墨魚膽固醇太高了。」柏林又拿過維多利亞吃過的牛排。「吃過的，你也吃？」柏林鬆開手，心想那個時候他剛剛出來做事不久，維多利亞還是個學生，有時沒錢吃飯，兩人就買了一碗碗仔翅，一人一口地喝。

「不吃了，走吧！」他甩甩手。

「柏林，我想和你解釋一下和肥仔的事情。」她坐着不動。

「Whatsapp 不是説了嗎？你説和肥仔沒關係。」他的臉帶着不信任。

「是沒關係！」她滿臉委屈。

「沒關係就要送房子給你？」他提高了音量。

「你為什麼就不能相信我？」她不服氣。

「別吵了，送我回去吧，我累了！」維多利亞紅彤彤的臉轉了過來，臉上的妝落了，老態出來了。一手搭在甄珠身上，一手搭在柏林身上，三人拖拉着，走在冬晚的山頂。夜風襲來，酒意消失了一半。三人坐上的士，男士坐前，女士坐後。

維多利亞靠在甄珠身上，酒醉心倒是更加清楚了。本來是幫甄珠來做説客的。沒想到遇到了阿周。自己心裡一時感慨，多喝了幾杯，把好好的夜晚給搞砸了。甄珠可憐，老了連住的地方都沒有了，好不容易找到個自己喜歡的，又讓肥仔給攪和了。哎，說什麼也要幫幫甄珠。維多利亞摟了摟甄珠，初戀的心隨着從的士搖下的一絲縫隙裡，隨着風飄走了。

二十五

那個冬夜特別的漫長，甄珠在門口告別了柏林，然後躡手躡腳地打開家門，看到兒子已經幫她放下藍色的布簾。兒子是乖的，太聽話了，從小到大聽媽的話，現在聽老婆的話。不聽又能怎樣，方芳那麼強勢，不聽的話這個家必定就散了。甄珠和衣躺下，房間那麼小，如果洗澡的話肯定會吵到他們。睜着眼睛，望着藍色的布簾，藍色的布簾猶如湖面，天鵝孤獨地在深藍色的湖中舔理着流血的傷口。她打開Whatsapp，想和柏林解釋幾句，又不知說什麼好。點擊了維多利亞。

「我和方芳鬧翻了，她自作主張帶肥仔上爸媽家。」

「我和爸爸也鬧翻了，他說我和柏林結婚，他就要斷絕父女關係。」

「現在柏林對我又不理不睬。我怎麼會淪落到這種境地，我到底可以怎麼辦？」甄珠挨在沙發上，一個字一個字地打着。淚水稀里嘩啦地下來了。維多利亞肯定睡了，手機上顯示着兩個灰色的勾。甄珠閉上眼睛。

手機的畫面晃了晃，屏幕上是母親紅着眼睛對着父親：「房子太小，甄珠住不下去了。她和方芳天天吵，你也要為女兒想想，她以後怎麼生活啊！」母親這種老式苦調聲讓甄珠聽的心煩意亂。「那個彈鋼琴的有什麼好，一副窮酸的樣子。肥仔比他好一百倍，人家連樓都捨得給，彈鋼琴的那個能給嗎？如果連名字都不肯加，證明他一點誠意也沒有，甄珠跟他在一起有意思嗎？如果他哪一天死了，甄珠是不是還要跟他女兒搶房子？」父親發怒了，原先對着母親的臉轉向手機屏幕前的她：「我看你是書讀壞腦子了，好好的肥仔不要。我跟你說，彈鋼琴的房子不寫你名字，我就不同意你結婚。」

手機的畫面晃了晃，柏林一臉不信任的樣子：「沒關係去你家拜年？沒關係送房子給你？你這女人，手段實在太厲害了。一邊讓我買戒指給你，一邊在收人家的房子。」「我沒有，根本沒有，戒指是你一定要買的，房子根本只是肥仔自己亂說的事情。」甄珠紅着眼睛，聲音開始發怒了：「你不懂我，你不愛我，你根本就是自私和自卑。」「我？我為什麼要自卑？我和一個街市佬比賽，贏了輸了都是沒有意思的事情。」柏林連着哼了好幾聲：「我們的婚事算了吧！」

手機的畫面晃了晃，方芳拿着兩杯牛奶從廚房跑了出，把杯子放在桌子上，又從雙層牀上，叫醒了兩個孫子。回過頭，對她說：「媽，你看，你嫁出去以後。我把沙發換成了雙層牀。這樣多好，小孩不用和我們睡在一起了。」甄珠回頭一看，兩個孫子的臉又變成了兩個兒子，一個對她說：「媽！肥仔讓我們有時間去看看房子！」另一個對他說：「媽！這段時間方芳對我可好了。」

一隻蝸牛從沙發下爬了出來。甄珠趴在沙發上認真地看：咖啡、青黃、黑色調配在一起的顏色，頭部可以看到明顯的觸角，牠扭動的身體，在地板上拖着長長的粘液。牠迅速地扭動，轉移到梔子花盆下。牠的殼去了哪裡？甄珠好奇地想，她一直知道沙發底下住着一隻蝸牛。沒有殼的蝸牛就不是蝸牛了，失去外殼後的蝸牛，不但沒有了房子，連名字也要跟着改為蛞蝓。它必須生活在更加陰濕的地方，這樣才能保住自己。

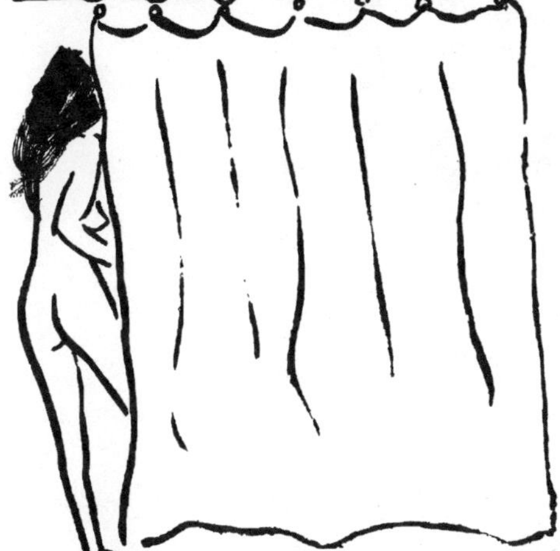

二十六

維多利亞酒醒之後從牀上坐起，打開窗簾，金色的陽光灑進來，照在小小的圓桌上和兩張靠椅上。火紅色的羊絨連衣裙、黑網的絲襪、珍珠的項鍊、高跟的紅鞋子一隻在牀邊，一隻飛在靠椅上，左右扭了扭腰，順手拿起圓桌上的手機又坐回牀。七十三個留言，一個晚上居然會發生那麼多事情。

「媽咪，你幾時候返英國，我的畢業禮你來參加嗎？」她的女兒，讀了三個碩士還在繼續讀，不知什麼時候可以工作，維多利亞搖搖頭嘆了口氣。

「維多利亞小姐，倫敦的房子三月初到期，需要為您續租嗎？」離婚之後，維多利亞一直一個人住在倫敦。倫敦潮濕多雨，但她喜歡這種濕潤的天氣，覺得像香港。

「學姐，校友會的特刊正在編輯中，如果可以請您幫忙。」校友會不停有事情找她，香港這個地方就是忙。維多利亞覺得有點煩，滑去下一頁。

「維多利亞，好久不見！昨天巧遇，真的太高興了，如果方便的話，我想約你見個面不知是否可以？」阿周？一個陌生的電話號碼。阿周就是柏林，柏林是甄珠的未婚夫，她怎麼也沒想到。這個世界真小，轉了一圈回到原來，認識的都是故人。

「維多利亞，酒醒了沒有？我和柏林可能完了，他對我不理不睬。告訴我，我該怎麼辦？」「我父親說房子一定要寫我的名字，否則到時候我還是一無所有。」甄珠的留言。甄珠的留言是要馬上回覆的，她生活在自己的空間，如果我也對她愛理不理，她就真的無路可走了。對於甄珠，維多利亞有着無限的同情。

「年紀大了，考慮更多的是面對現實的生活，不像年輕人找對象，可以裸婚。現實的生活還需建立在一定的感情基礎之上。有些問題，越早說清楚越好，有些問題的解決是雙方付出、信任後水到渠成的。剛有好感，就提出房子的事情，讓人感覺是衝着房子來的。」維多利亞寫完，自己看了看，又將自己的留言全部刪除了，這種不痛不癢的話，戀愛專家的語氣，說了又有什麼意思呢？甄珠現在要面對的是現實，她要的只是一個屬於她的窩。

維多利亞一邊清理着昨晚滴在衣服上的酒痕，一邊想，還是先約阿周吧。她希望自己可以說服他，讓他在他的房契上寫上甄珠的名字。衣上酒痕詩裏字，點點行行，都是回憶。以前的點滴還歷歷在目，可時間無情，意氣風發的青年郎已經白髮滿頭了。多少次心裡想重逢，沒想到見面了以後，阿周居然變成了柏林。就像一個美好的夢最終醒來，一切都是那麼的不真實。昨晚見面，真不如不見。不見面，阿周永遠是自己心中傲氣十足，神采飛揚的初戀。再見面，歲月讓阿周變成了柏林，一個白髮蒼蒼和甄珠的訂婚男人。更沒想到，自己無意間做了阿周和甄珠的媒人，現在又要為他們調解糾紛。

二十七

柏林接到維多利亞的信息後，早早地來到了維多利亞公園。同一棵樹下，同一張石凳上，洋紫荊隨着微風飄落下來，在冬日淡淡的太陽下，飄落在柏林手上。柏林記得那一年在維多利亞公園的那場表演，那是他第一次公開演出，黑色的鋼琴架在空曠的球場上，年輕的他有點緊張。維多利亞送了一條紫色的領巾給他，那是他特別喜歡的顏色。以後不管去哪裡演出，這條領巾一直陪伴着他。這是他和她之間唯一還保留的相思之物。

柏林拿着洋紫荊思前想後的時候，一對黑色的皮靴出現在眼前。頭一抬，一身紫色羊絨連衣裙的維多利亞出現在紫荊樹下，灰白色的貝雷帽斜斜地帶在灰白捲曲的頭髮上，她比以前更漂亮了，歲月帶給她的是風韻而不是滄桑，那頭灰白的捲髮更顯得她氣質高貴。「維多利亞，你來了。」柏林搓着手站了起來。他以前看到維多利亞從來沒有這樣緊張的感覺，不知怎麼這次就變了。好像小孩子見校長一樣，他甚至感到額頭上的汗流了下來。他的緊張連維多利亞都感覺到了，她從心裡笑了出，風水輪流轉，以前的阿周是她的王，現在的柏林早已沒了那氣勢，而她倒成了女皇。

「柏林這個名字是到了加拿大之後隨便改的，我記得我們那時說要去德國見證柏林城牆倒下。」冬日的太陽暖暖的，照在人的身上、脖子上、頭髮上癢癢的，舒服地想睡覺。「還記得這裡嗎？」柏林指了指石凳。怎麼會忘記，這裡留着維多利亞的初吻，花前月下的美好。「還有這個」柏林拿出領巾。面對着初戀的情人，即便時光老去，過去的一切也在娓娓地述説中似有似無地回來了。時間在這一刻中靜止下來，太陽停止了移動，照在石凳上的男女似乎被催化了。

手機及時地震動起來，維多利亞被叫醒了。「維多利亞，你在哪裡？我想見你，你有空嗎？」「是甄珠的留言。」維多利亞側了側頭對柏林説。有風來，吹走了陳年的相思「阿周，其實今天約你出來的主要目的不是敘舊，而是想談談你和甄珠的事情。」「正如你還是叫我阿周，我還記得從前一樣，我會原原本本把心裡最真實的一面呈現給你，你幫我做個定奪吧！」

冬天的風在耳邊吹過：「我和她其實認識才半年多，校慶的時候，校友會請我代你去彈鋼琴，她的琴聲打動了我。我們交往三個月後她說想結婚了。我了解她想結婚是為了房子，她跟我說了和方芳沒辦法住一起的事情。我愛她的善解人意，也體諒她的難處，同意結婚了，還買了十萬元的訂婚戒指給她，表示了我的誠意。然後，她就跟我說房子要寫她的名字，否則她父親不會同意婚事。接下來，就發生了拜年的時候遇到肥仔的事情。」

這些事情維多利亞都知道，那個時候她的意見和甄珠父親的意見是一樣的，如果房子不寫名字，只是結婚對女人是沒有保障的。她記得那個時候她說：「萬一他先你一步走了，難道你還要再嫁一次？」女人要的婚姻是一種踏踏實實地保障，到了這個年紀，在感情的基礎上還要考慮很多現實的事情。但是，現在，感覺有點不一樣了，維多利亞覺得自己在搖擺。

「西貢那層房子是祖屋，也不是我一個人可以說了算。說到底，萬一我先走一步，夫妻平分的財產中總有一半在保障她。她又何必急在一時呢？另外，我女兒也很堅決地表示不可以加她的名字，認為她就是衝着房子來的。我也不想因此沒有了女兒。」維多利亞想了想，如果從阿周的角度來想，這件事情也確實是這樣的。

「另外，我對女人其實是怕了，我的錢到現在還要供養前妻，我真怕再來一次。」原來人老以後的愛情會變成這樣，在理智和現實中權衡，情感在這個時候變得那麼脆弱，不堪一擊。「發生了肥仔的那件事情以後，我發現甄珠不簡單，凡事都留了一手。」

陽光慢慢地躲到雲後去了，沒有太陽的冬日變得冷了起來。維多利亞哆嗦了一下，從皮包裡拿出圍巾披上。「起風了，我們走走吧！」風吹在柏林雪白的頭髮上，頭髮亂七八糟的像地上的枯草。柏林已經是個老人了，維多利亞憐憫地看了他一眼。「這麼多年，你過得還好嗎？」「孤身一人，結婚離婚出國回國。剛才我獨自一人坐在這兒時，想當時如果不是那麼固執、自以為是，結局可能很不一樣。」

「肥仔那件事情，我想是個誤會。甄珠對你一心一意，人漂亮、善良、手腳麻利又會做家務。」

「說來好笑，每次她幫我收拾屋子之後，我所有的東西都會找不到了，只能再去買。」

「原來你東西亂放的習慣還是沒改掉。」

「是啊！人老了，積習難改。所以每一次收拾好，甄珠就更加生氣。我們的生活習慣實在太不一樣了。她有潔癖，而我習慣了在她所謂的垃圾堆裡生活。」

「你覺得甄珠適合你嗎？」

「我想到老了總是要有個伴，如果她沒有家庭問題和潔癖，她確實是個適合的人選。」

「到了我們的年齡，誰沒有自己的生活習慣？誰的身後沒有一堆事跟着呢？」

「你呢？還這麼漂亮？跟我說說你的近況？」

維多利亞和柏林一邊走，一邊有一搭沒一搭地聊着家常。兩個幾十年沒見的舊情人有着說不完的話，從目前的狀況聊到在海外的生活點滴，又說到年輕時的那段戀情。時間在不知不覺中過去，太陽下山了，兩人走走坐坐，在長滿洋紫荊的公園裡散步。冬天的紫荊花稀稀落落的，風一吹幾片葉子吹了下來，飄在維多利亞的頭髮上。柏林手一伸，想也沒想地幫維多利亞取了下來。兩個長得一模一樣的小男孩從不遠處跑過來，抱着柏林的腿叫公公。柏林細細一看，竟然是甄珠的兩個雙胞胎外孫。頭一抬，方芳和家寶在不遠處，向他們揮手示好。

二十八

這一次，維多利亞按照柏林的介紹，來到街市肥仔的花店。維多利亞沒想到肥仔會把花店打理地那麼井井有條，在她的想像中肥仔是甄珠口中咬着牙籤的粗人。白色文化牆前面擺放着一排藍色和白色的繡球花，疊起的花架層次分明地擺放着各式時令花卉。門口、花店內吊着各種藤狀的植物，長長的葉子垂下來，在風中舞蹈着，感覺像一個小小的仙境。

去的時候，胖胖的肥仔穿着一件發黃的汗衫正忙着幫一位太太種蘭花，嘴裡囉囉嗦嗦地囑咐着：「蘭花好養，記得水一定不要澆在花蕊上，一個星期澆一次水，澆透就可以了。放在通風的地方，起碼可以開兩個月。」回過頭，連小眼睛都在笑，招呼着其他客人：「這種五頭百合，今早剛從泰國坐飛機過來，放在客廳裡最優雅。一枝三十，兩枝五十，花瓶不大的話，兩枝足夠了。」見到維多利亞，肥仔也一樣熱情地招呼：「喜歡什麼花慢慢看、慢慢挑，挑好了我幫您包紮得好看點。」

二十九

維多利亞抱着肥仔包紮的百合按響了甄珠家的門。門開了，甄珠穿着居家的衣服開門。甄珠的家，維多利亞從來沒到過。維多利亞離開香港的時候，甄珠還未出嫁。每一次，維多利亞回香港想去看看甄珠的時候，甄珠總是推說地方小，不方便。所以，每一次她們都是約在外面見面。這一次，維多利亞不請自來，門一開，兩人都有點驚訝。

維多利亞坐在沙發上猶坐針氈。屋子實在太小了，眼睛看到的已經是甄珠生活的所有場所了。甄珠忙裡忙外地打掃屋子，還端出黑豆茶招呼維多利亞。

「上次柏林來，也是這樣，你們這些從外國回來的，就是喜歡玩即興。」

「誰讓你一直不讓我來。」

「好啦，你看到了，這麼豆腐一塊的地方住那麼多人。」

這麼豆腐一塊的地方住那麼多人，甄珠還把它打理的這麼乾淨，乾淨到一點雜物也沒有，乾淨到似乎空氣裡的塵埃也不存在，乾淨到讓人心疼。

「我們把花插起來吧！你聞聞這花多麼香啊！」兩人擠在小小的廚房裡弄着花。

「是啊，植物總能讓人心情愉快。家裡地方實在太小，小孩子年紀又小，花花草草的方芳也不喜歡。」甄珠從櫃子底下拿出一個玻璃花瓶遞給維多利亞

「哦，昨天我見到方芳和家寶，帶着你的孫子在維多利亞公園玩。」

「昨天，我煮了飯，他們也不回來吃。說是小孩玩累了，肚子餓了在外面吃麥當勞。」甄珠一臉不悅。「我這裡成了飯店不說，給小孩吃這些垃圾也太不負責任了。回來之後，我說了幾句，人家就不高興了。」

「唉！相聚容易同處難。」看着甄珠不高興的樣子，維多利亞原想把她和阿周的往事告訴甄珠的想法，硬生生給吞了下去。

「昨天在家煮了一家人的飯，他們不吃，都在冰箱裡，一起將就吃點好嗎？」窗外開始下雨，淅淅瀝瀝的，一下雨，冬天就變得寒冷起來。甄珠將窗關小了一點，又隨手將晾在窗外的衣服，收了進來，掛在浴室。維多利亞看着甄珠從冰箱裡拿出隔夜菜，放在微波爐裡翻熱。又看着她從沙發後面變戲法似的拿出折疊式的桌椅。麻利地打開，移到窗前，鋪上白麻繡花桌布，放上剛插好的百合花。

「你是仙女，可以化腐朽為神奇。」維多利亞由衷地讚美着甄珠的治家能力。「看不得亂，勞碌命。」甄珠從湯鍋裡盛出兩碗湯。熱氣騰騰的眉豆花生雞腳豬肉湯盛在開着櫻花的日式湯碗中，湯勺上兩朵櫻花正相依在煙霧瀰漫的空氣裡。

「哇！太棒了！好久沒喝住家湯了。」維多利亞一邊用手揮着熱氣喝着湯，一邊心滿意足地說：「我看你還是嫁給我算了，哈哈哈……」

「你哦……」甄珠嬌媚地看了維多利亞一眼：「要不是沒辦法和方芳住，我其實都已經習慣這樣的生活了，也沒覺得有什麼不好。不過，兩個小的一天比一天大，也實在沒辦法讓他們一家人睡一張牀。我在，他們連正常的夫妻生活都沒有，也確實不是長久之計。」

「那你真的一心一意想嫁給阿……柏林了？」本來想說阿周，維多利亞及時收口了，過去那麼多年了的成年舊事還是不要提了吧！甄珠和柏林結婚以後，自己就回英國去，還是少讓甄珠心中有刺會比較好。維多利亞心裡想着。

「柏林買了個十萬元的戒指給我，我收下了。」維多利亞忙着把正塞在嘴裡的雞腳吐了出來。「不要為了十萬元就嫁人。」

「可能也嫁不出去，現在柏林對我很冷淡呢！我傳給他的信息都只讀不回。」

甄珠一邊說，一邊從微波爐裡拿出薑仔燜雞、蘿蔔豬皮。「要不要喝點黃酒驅寒？」也不等維多利亞回答，她又跑去廚房拿了兩個青花酒杯。「難得你來，我們兩姐妹高興高興。」

窗外的雨越下越大，屋子裡暗了下來，甄珠打開燈。黃色的燈光照着小小的餐桌。喝着酒，聽着甄珠的嘮叨，維多利亞覺得甄珠真的好可憐，她要的只是一個女人最基本的生活。一個女人靠着僅有的一點遺產，精打細算地過着日子。養大了兒子，又幫兒子討了媳婦，當一個小家庭出現第二個女主人的時候，就再也容不下本身屬於她的棲息地。為了兒子和孫子，她必須離開，為自己找個安身地。而成年人的世界裡，又各自有着自己的無奈和算盤。

雨越下越大，溫黃酒的壺冷了幾次，又換了幾次開水繼續蓄着。「甄珠，你覺得柏林適合你嗎？」酒喝多了，維多利亞說話顧及也少了。

「他的房間實在太亂，我怎麼也收拾不好。」甄珠紅着臉。

「你那麼愛乾淨，他又是邋遢慣了。」

「維多利亞，你看人的本事真厲害，你怎麼可以看得出柏林外表打扮的整整齊齊，其實家裡好亂哦！」

維多利亞一陣心慌。「哦，他以前教過你鋼琴。我怎麼一點也不知道啊？」

「校外的鋼琴老師，誰會記得？」維多利亞一陣臉紅，發燙似的，好在喝了酒。

「甄珠，這百合花是肥仔那裡買來的。」才一個中午的時間，在溫暖帶着酒意的小屋裡，本來含苞的百合開了出來，張開白白的花瓣，露出濕嗒嗒的柱頭。「有人與你共黃昏，有人問你粥可溫，應該是晚年最大的幸福。我覺得肥仔可能比柏林更適合你。」維多利亞有點喝多了。

甄珠不説話，站起來將百合花內的花蕊一根根拔了。花蕊上的黃粉黏在甄珠的手上，用紙巾抹，也留在手上淡淡的黃。像被煙頭熏黃了的手指，甄珠想到前夫扔在她花盆裡的煙頭，想到肥仔拿着牙籤的樣子，想到柏林亂七八糟的屋子，想起自己和父親吵架時他説的話：「你有沒有想過，萬一柏林比你早去，你還不是一無所有，難道你還和人家女兒搶房子住。現在你不做打算，到時候你給人踢出門時，我看你怎麼辦？」她的心裡一陣陣地煩。但還覺得柏林會體貼她：「我認識肥仔很久了，如果適合早在一起了。不用太擔心柏林會説服女兒的。」她自己騙着自己。

「甄珠，年紀越大婚姻也就越現實，這種現實我們都經歷過。任何美好的瞬間都會過去。年輕人可以裸婚，因為他們有時間，因為他們不必背負家庭責任，但到了我們這樣的年紀，一個人的背後都有老老小小一家子。兩個人的婚姻變成了幾個家庭的婚姻。要面對的就不是感情那麼簡單的事情了。」維多利亞說着覺得有點熱，站在窗邊打開窗，雨斜斜地飄了進來。

「婚姻還需建立的感情基礎之上。否則面對的只是柴米油鹽，一點意思也沒有」甄珠賭氣地說。酒喝多了幾杯，臉紅的發燙。

「一提到結婚就提出房子的事情，讓人感覺是衝着房子來的。」

「是柏林讓你說的嗎？」維多利亞還沒說完，甄珠就打斷了她的話。

雨越下越大，窗户的縫隙裡傳來的冷風，吹冷了一桌的菜。放在青花碗內的菜凝結了薄薄的凍。空氣隨即冷了下來，兩人都有點心不在焉了。

三十

自從再見維多利亞以後，柏林總會不由自主地回想一些往事。這些塵埃落定的舊事，就如眼前被翻得亂七八糟的書櫃一樣，手一動風一吹，塵埃紛紛揚揚地從原來已經落定的縫隙裡飛了起來。柏林一邊翻着放在書櫃裡的照片冊找着以前他和維多利亞的合影，一邊怪責起甄珠來：照片冊本來都在這兒的，雖然過了幾十年，但東西是一樣也不會少的。怎麼找不到了，肯定是甄珠收拾東西的時候隨手扔了。一想到甄珠扔了他那麼多東西，他就煩惱起來。

他是個喜歡收藏過去的人，過去的一點一滴不就是靠這些所謂的垃圾積累起來的嗎？很多人和事他已經記不清了，但是只要看到這些真真實實的東西，他還會回想起那些年的那些事情。所以這些甄珠眼裡的垃圾，柏林把它們叫做時空寶貝。每一次甄珠扔了一些泛黃的報紙雜誌，破舊的唱片，或者是半新不舊的衣服，柏林總會有說不出的委屈。對他來說，這些都是記憶，扔了就忘了。這間屋子是柏林的記憶貨倉，父母早逝，他和爺爺住在月華街，但是只要一有什麼寶貝，他都會拿回西貢祖屋藏起來。

灰塵四處揚了起來。要不是愛她，才不會忍她呢。柏林心想。又想起了維多利亞的話：「要不是愛你，甄珠為甚麼要坐好遠的車，辛辛苦苦從港島跑到西貢幫你打掃？」一想到甄珠的好，柏林開始覺得自己有點過分了。自己確實是生氣，過年那次的難堪，他怎麼也忘不了。但是，甄珠在短信上已經和他解釋了很多次：她並不知道肥仔會去，所有的事情都是方芳弄出來的。他們一家小的有方芳，老的有甄父，都是難對付的主，也真難為了甄珠，結婚以後要對她好點，柏林暗自許諾着。想到這裡，想到自己好幾天沒有傳短訊給甄珠了，柏林心中有點愧疚。正好問問她，照片放哪裡。信息才發出去，甄珠已經回覆了，說是馬上過來幫他找。

三十一

甄珠來的時候，天上下着小雨。雨水滴滴答答打在透明的雨傘上，甄珠穿着一身藕色的中裝走在雨中。人在傘下，傘在畫中。

西貢毫無疑問是香港的後花園。下了綠色的小巴，慢慢步行十分鐘走到柏林的家，透明的雨傘外面是一大片模模糊糊的綠色樹蔭，傘面上的雨水滾動着把樹蔭扭曲成不同的綠，透過清晰的一絲綠條望出去，柏林正打着傘站在黑瓦白牆的小屋前張望。甄珠的心溫暖起來。在這春寒料峭的時候，只要有人靜靜地守候在家門口，一切都不一樣了。看到甄珠，柏林迎了上來，幫甄珠收起雨傘，手攬在甄珠肩上稍

微用了一下力。像蛞蝓找到殼，甄珠心裡一陣的熱。這門外的幾步路被無限延長，
好像一輩子就可以這樣依偎在傘下。

三十二

打開門，燈開着。甄珠眉頭緊鎖起來。上次才理清的沙發上堆滿了收下來還沒疊起的衣服，連着衣架、夾子，橫七豎八地堆滿了沙發。門口的通道是兩張椅子，前後橫放着，上面掛着洗澡的浴巾，凳面上各放了一個紙皮箱，紙皮箱裡是翻得亂七八糟的書籍。甄珠把紙皮箱移到堆滿廣告紙和一大堆拆過或沒拆過信件的桌子上，在椅子上坐下，她要換雙鞋，穿着高跟鞋在家裡她不習慣。上次來她買了一雙拖鞋，放在桌子底下。低頭一看還在：「放在你這裡的東西倒是安全，連地方也沒挪過。」「對，東西來了就跟我一輩子了。」柏林明知甄珠笑他，也跟着說。

「外面下雨，中午就在家裡吃點東西吧！我現在出去買。」

「好吧！我來幫你找照片」甄珠笑了笑，雖然心裡並不願意。柏林的家，香港傳統的村屋格式，一上一下有1400尺。白色的牆壁早已經變成青灰色，牆壁上掛着柏林家過世長輩的照片，一個個和柏林有着血緣關係的臉用黑框白底托着。傳統的村屋窗户開的很小，房間越大光線就越暗。下雨的時候，四周安靜，雨打在窗外的樹葉上，甄珠不禁覺得有點心寒。這是柏林父母留給他的房子，柏林是個念舊的人，所有的東西他都沒辦法扔。所以，1400尺的房子照樣被柏林住的堆滿雜物，甄珠窩了好幾次，都沒辦法理清，有些東西實在太舊了：家人的衣服、鞋子、日用品，柏林都把它們當作紀念品，什麼也不丢都堆在那裡。更好笑的是居然有野貓跑進來做窩，還養了一窩小貓。前幾次整理，她想把這些雜物都扔掉。想想畢竟是柏林的東西，做了統一歸納後都放在了紙盒裡，並在紙盒上寫上的名稱，方便柏林處理。照片肯定也在某一個紙盒中。

等甄珠把存放照片的盒子找到，坐在唯一一張沒有雜物的椅子上時，雨越下越大了。甄珠一張一張翻看着柏林家人的照片，這些照片中的人或仙遊或移民或離開了柏林，一張張不認識的臉都陪伴過柏林的曾經。人生就是一列不停向前的火車，有人上車，有人下車。車子在開，時間在繼續，誰也不能預知下一站會遇到怎樣的人，看到怎樣的風景。甄珠一本一本地看着。

看到維多利亞照片的時候，甄珠有點不可置信。這是少女時期的維多利亞顯然沒錯，可是柏林居然有厚厚的一本維多利亞的照片實在太讓甄珠震驚了。要知道那時候，拍照片是很奢侈的事情。藍布校服捲曲頭髮的維多利亞挽着白衫黑褲的青年柏林，那個自己中學時期最好的朋友顯然曾經是柏林的戀人。每一張照片中的維多利亞都是青春的化身，那燦爛的笑容顯露出最直接的甜蜜。

山頂三人相見的那次，甄珠確實有點驚訝，後來也想過為什麼維多利亞認識柏林而自己不知道，想想實在是有可能的，她自己也有課外教大提琴的老師，維多利亞一樣也不認識。她一直沒有細想。現在不細想也不行了。有一張黑白的照片是從報紙上剪下來的，母校的鋼琴室，光線從高高的窗户斜斜地照在三角鋼琴上，兩個剪影般的人正坐在同一張鋼琴凳上四手交錯彈着琴。照片下的註解有攝影師的名字和得獎的獎項，題目叫做：鋼琴四手彈奏·愛人雨越下越大，打在窗户上的雨聲已經噼里啪啦了。即使是中午，天色也變得黑灰起來，山間的雨如哭泣的眼淚在甄珠心裡劃過。四周靜寂只有雨聲陪伴着椅子上的女人在一大堆雜物中呆呆地坐着。怪不得，柏林對我不冷不熱，怪不得維多利亞讓我選擇肥仔，原來他們早就在一起了。他們早就在一起，還合夥一起騙我。為什麼會這樣？一個是我的未婚夫，一個是我最好的朋友。他們年輕的時候已經是情侶，他們舊情復燃可是還瞞着我。

天氣越來越冷，冷從穿着拖鞋的腳趾開始向上蔓延到小腿，冷絲絲地爬上了大腿、小腹、肚子；冷從裸露在空氣裡的手指開始向手臂、肩膀、前胸邁進；冷從頭頂鑽入，穿過臉、脖子，直接進入心臟，然後，冷集中在一起，將心臟中的血液凝固起來。她想起，那天柏林在金店買下鑽石戒指的情景，一卡多的鑽石被放在紅色的托盤上，金色的燈光在鑽面上閃着耀眼的光。

她提出想結婚，他隆重地接受了她。她的心裡就完全都是他，再亂的房子她也會整理乾淨。可是她無法清走他心裡的另一個她，也無法容忍他心裡的另一個她。甄珠換上鞋子，扶着桌子站了起來，又彎下腰，拿起地上的拖鞋，繞過橫放在眼前的椅子，將拖鞋扔在垃圾桶內，拿起放在門邊的傘，走進雨中。

三十三

甄珠坐上小巴離開的時候，柏林正坐着另一輛小巴回來。山間的小路狹窄，如果不是因為雨勢太大，兩人都坐在車的左邊，是可以看到對方的。可是雨實在太大了，大到即便擦身而過也看不到對方了。柏林買了兩瓶啤酒、半只燒鵝、一條鹽焗的烏頭魚與匆匆地回家，他少有的好興致，想在家裡和甄珠吃飯。想着甄珠等着他，他歸心似箭起來，家裡有人就有人氣，家裡有女人就有家的感覺。

等到柏林看到攤開在桌子上的相本時，他自己也吃了一驚。自己竟然幫維多利亞拍了那麼多照片，以前都是菲林照片，每一張照片後面都是一番心思。以前他喜歡攝影，照片多的自己都忘了。甄珠不見了，打她電話沒聽。柏林看看外面越下越大的雨，心裡擔心起來。甄珠有潔癖他知道，自己也確實太散亂，以後要收斂一點，否則甄珠會不開心的。她是不是去扔垃圾了？或者去買什麼小東西了吧？一開始，柏林並不以為然，他和維多利亞之間的事情，都是陳年的舊事，只是上次在公園和維多利亞提到，有一幅朋友偷拍他們的照片在海外得了攝影獎，維多利亞說想看看，他才翻箱倒櫃地找。甄珠不會因為這種事情吃醋吧？桌子實在太亂，柏林在一堆信件裡挑出廣告紙，又把信件歸在一邊，騰出桌子的一個角落，擺上酒菜後見還不見甄珠回，便傳了一個信息給甄珠：「可以吃飯啦！」

三十四

收到信息的時候，甄珠正下了小巴，走去地鐵站。雨太大，已經形成急流向下，衣服、鞋子、褲子都泡湯了。電話不停地響，甄珠估計是柏林打來的，懶得去聽。到了五十多的年紀，也結婚生了兒子到現在還有了孫子，然而她從來沒有戀愛過，還是小女兒心態，希望找個體面、愛她的男人有什麼不對嗎？可是就是這麼一個微小的要求也近乎是奢望，柏林只是個外表體面的男人，他不懂什麼是愛。

如果他們想舊情復燃，完全可以直接告訴她。如果愛她，怎麼會有心這樣刺激她？幫他找前女友的照片？實在太過分了，甄珠越想越氣，連紅燈亮了也沒看到，筆直地衝了出去。「吱——嘎吱——」

三十五

等到甄珠再次睜開眼睛的時候，白色的屋頂、白色的牆，陽光從窗外射進。這一覺睡的好長，醒來覺得渾身酸痛。手一動，發現自己的手吊着點滴。手一動，驚動了伏在牀邊打瞌睡的肥仔。「甄珠，你醒了？太好了，太好了」肥仔紅着眼睛，鬍子拉碴的樣子。「我怎麼了？」甄珠的聲音，輕到連自己也聽不清楚。肥仔連忙俯身：「給車撞了一下，好在那輛車踩了急剎車，否則真的要闖禍了。」甄珠微微舉起自己的手看了看，又看自己的腳。「手、腳都骨折了，綁了石膏，不過很快就會好的。」肥仔樂呵呵地說。「不要怕，只是輕微腦震盪，醫生說，只要醒來就會慢慢康復的。」「臉呢？」「臉也沒事，你看看。」肥仔變戲法般地拿出鏡子。「想吃什麼嗎？」肥仔關切地問。甄珠搖搖頭，看不到家寶和方芳，看不到兩個孫子，看不到柏林和維多利亞，沒想到在她出事的時候，居然是肥仔在照顧她。甄珠閉上眼睛。「你再睡一下。我馬上打電話給家寶和方芳，讓他們放心。你醒了，實在太好了！太好了！」肥仔搓着手，樂呵呵地笑着。

三十六

柏林是在甄珠撞車後的第二天，通過維多利亞才知道甄珠出事了。那天，甄珠不告而別之後，柏林就將事情的原委告訴了維多利亞。維多利亞當然很了解她這個相識幾十年的老友。甄珠表面溫柔、體貼、善解人意，內心卻很固執，只要她認定的事情，她基本不會聽別人的勸導。

「就是怕她胡思亂想，我才沒有跟她說我們的事情。沒想到，反而更糟糕。這下她準以為我們故意瞞着她。」

「不會不會，瞞着她我還讓她幫忙找照片幹嘛？」柏林連忙解釋。

「誰知道你找照片幹嘛？」維多利亞生氣地說：「麻煩你現在一心一意地對待甄珠，不要像之前那樣腳踏兩隻船。」維多利亞借題發揮着，終於吐了幾十年前自己的怨氣。

「我……」柏林覺得有點冤枉。「不是你想看那張得獎作品，才找嗎？」

維多利亞打了無數個電話給家寶之後，才知道甄珠出事了。約了柏林一起去醫院。到了醫院，透過門上的玻璃向裡望，甄珠正靠牀坐着，肥仔左手拿碗，右手拿勺一口一口地餵着粥。病房裡放滿了花，肥仔把他的花店搬了過來。兩人互相望了望，不知道這種情況下是不是應該進去。

「等一下吧！」他們在病房門口的長凳上並肩坐着，不知該說什麼好。

「其實，我才是甄珠的未婚夫，怎麼換我坐在外面？」柏林苦笑着。

「你不覺得肥仔比你跟適合甄珠嗎？」維多利亞看了柏林一眼。

「我……或許是吧！最起碼甄珠要的房子他能給，而我連房子的名字也未必可以加她。」柏林苦惱地笑了笑。

「你們怎麼都在外面坐着？快進去，快進去！」肥仔拿着空碗笑嘻嘻地走出來，回過頭，衝着病房內的甄珠說：「維多利亞和柏林來看你了！」維多利亞和柏林一前一後出現在門口的時候，甄珠正拿着小說，小說是肥仔幫她帶來，有多久沒看小說了，她自己也記不清了。她只知道住院的這幾天，反而是她最舒服的日子。肥仔除了幫她轉了私人病房，還24小時照顧她，幫她煲湯煲粥、拿花佈置病房。相處幾天，甄珠看到了永遠樂呵呵的肥仔，凡事都把她放在第一位。

三十七

撞車的那天，家寶接到醫院電話時，正在參加公司的一個會議，像家寶這樣的小職員，其實在公司裡也處理不了什麼大事情。公司生意不好，老闆隨時發火罵人，自己的職位可有可無，家裡老的小的要養。在家在公司，他都是那麼膽小怕事。哪怕他母親發生了車禍，哪怕他打電話給方芳的時候，方芳正和兩個小孩鬥心鬥力，分身無術時，他還是不敢開口請假。他已經知道，只要是甄珠的事情，肥仔都會義不容辭的。果然是這樣，肥仔收到家寶的電話後，連店門也沒關，就衝去了醫院。

三十八

一場車禍，恍如隔世，光影中的灰塵在微風中上下舞動着。透過旋轉的光影看着門口那對熟悉的人，甄珠心中居然沒有任何漣漪。連她自己也驚訝自己的平靜。此刻，連綿陰雨過後難得的好天氣。柏林走了過來，蹲在病牀邊，陽光曬在他白色的頭髮上發出點點光：「怎麼說也不說就走，害我擔心。」柏林的手撫摸着她的頭髮，她想避，可是動不了。

維多利亞也跟着走了過來：「手機都摔成幾片了。好在人沒事」甄珠閉上眼睛，他們約着一起來看我，不就想告訴我他們的關係嗎？她閉上眼睛不想聽。

事情過了很多年之後，她再回想起來，覺得特別的虛幻，當時真實發生過的怦然心動，仍覺不可思議。知道自己根本就不算愛柏林。她對他的愛只是幻想中的愛。她幻想可以和柏林雙栖雙宿，過着詩情畫意的生活。她所有的愛都源自於那場表演，臺上的光彩、臺下的掌聲，讓她沉醉其中。她從來沒有戀愛過，以為這就是愛。她臺上臺下地分不清自己。柏林的浪漫、柏林的才華、柏林的一點一滴都吸引着她。她從來沒有愛過，以為這些就是愛。直到表演結束，卸妝之後，看到那個她喜愛的人，原來有着諸多的不堪，那些她無力無法改變的生活習慣，那些他覺得無所謂而她很在乎的事情，他甚至沒有開口為自己和女兒爭取過要把名字寫上房產證，他甚至沒有提過維多利亞和他的前妻的的任何事情。可是，這些都是她想知道，想了解的事情啊。

甄珠閉上眼睛的時候，維多利亞和柏林相互望了望，知道這次誤會大了，又不知道怎麼解釋。「甄珠，下個星期我回英國去了。」維多利亞蹲在病牀邊，低聲地說。太久沒有見面了，兩人一直隔空聊天，沒想到見面了居然發生了這麼大的誤會。這麼多年的姐妹情誼原來那麼容易就有了隔膜。「甄珠，我和阿周，不，柏林其實早就沒有了來往，你不要誤解。我其實一直想跟你說，又找不到合適的機會。」甄珠閉上的眼睛又張開了一下，嘴角微微上翹，又閉上眼睛。

三十九

醫院地處半山，兩人沿着山路向下走去。這樣的情景，這樣的心境似曾相識，三十年前的事情不斷重複。那時候的阿周有着送貴重手錶的女人，現在的柏林有着對他有情有義的甄珠。自己是時間應該撤退了，這趟渾水自己算是莫名其妙地弄濕了腳，維多利亞有點氣惱。沒想到和阿周的不期而遇變成了一場誤解，而且甄珠已經肯定了這誤解的存在，自己怎麼說也是沒用了。一旦甄珠認准了一件事情，她是很死腦經的一個人。

「這麼快就回英國了？才見面。」冬日裡的溫暖陽光，曬在人身上舒服極了，好像把多日的潮濕都趕走了似的。最簡單的初心，到了變得無法解釋和複雜的時候，即便是迫不得已，也就只能選擇躲避。天下事情，無不如是，只要放下了，就沒有什麼捨得不捨得的。連日來潮濕的空氣在陽光的照射下也變得清爽起來。

「房子的事情要處理一下。」維多利亞回答道。

「還回來嗎？」柏林終究不捨。

「其實我在香港除了甄珠這個朋友就沒有別人了。」風吹種子在別處生根，即便還有氣根在空中飄，也是脆弱經不起任何風雨的。

「維多利亞，你看，我去跟甄珠解釋一下好嗎？」她聳了聳肩。這麼多年一人在外，她早已習慣不解釋，覺得沒必要，也解釋不清。每個人都有自己覺得對的判斷。人和人之間就是緣分，緣分有長短，是因果，求不得。

「你們的事情你自己好好處理一下。如果你真的愛着甄珠，房子的事情你要和女兒好好談談。」有小巴來，維多利亞跳了上去。小巴開動了，回過頭柏林在路上的身影變成了一個小黑點，漸漸消失在視線中，不見了。

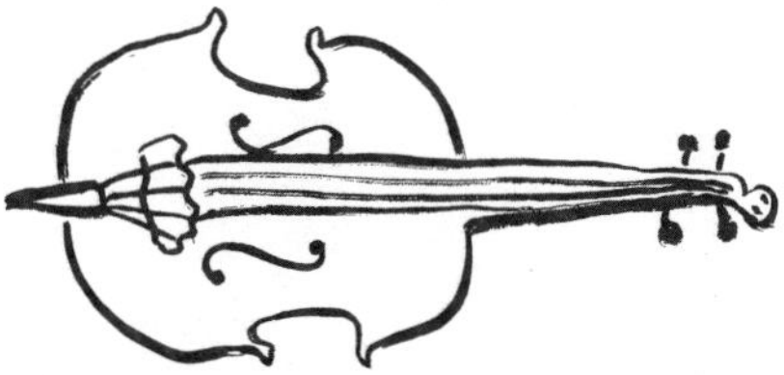

四十

柏林趕到香港機場的時候，維多利亞正在辦理登記手續。在此之前的兩個小時，維多利亞在短訊中和他說再見。柏林有點惱恨自己，都是自己，都是自己不懂珍惜、不懂感情，害怕付出才會每次都失敗，搞得如此狼狽。「這一走不知何時再見了，保重啊！」

此時此刻站在機場的兩人都知道不會再見了，他們甚至沒有留下聯繫方式：

「這一別或許後會無期了，阿周你也保重自己。」

兩人停了一下，抱在了一起，是阿周的聲音先變得帶有哭腔的：「我一直負你。」像小孩子一樣的老頭子。「不知不覺中我們的感情都變了，一開始以為可以一生一世的情誼，脆弱到不堪一擊。」維多利亞摸了摸柏林的白髮，她以前很喜歡用手指穿過他的黑髮。

「再見吧！」維多利亞稍稍用了用力。不會再見了，維多利亞想。

頭一回，兩人看到肥仔推着輪椅，甄珠坐在輪椅上看着他們。維多利亞幾步向前，蹲下身子，抱緊甄珠。千言萬語就變成兩個人的擁抱，用身體感受着彼此的情誼，想說的話太多太多，一時之間所有的話都變得無足輕重。

長長的行李車推了過來，帶着金屬的噹噹聲和輪子的滾動聲。「保重！」維多利亞站了起來。長長的行李車推了過去，維多利亞頭也不回地搖搖手走了。坐在輪椅上的甄珠早已經淚流滿面。她哭的何止是一段友情的別離，更多的是一段愛情的告終。她付出真心去對柏林，可到頭來她還是選擇了對她一心一意的肥仔。她怕了，跟柏林在一起她看不到希望。她怕了，這種到老了還在擔心自己無家可居的感覺。她也不想讓柏林為了自己和女兒為難，她只能選擇離開。

輪椅後面，肥仔把柏林拉後一點，拿出一個紅色絲絨盒子，盒子裡是一顆明亮亮燦眼的鑽石。柏林猶豫了一下，看了看前面不遠處坐在輪椅上的甄珠，多麼好的女人，是自己沒福氣。自己沒福氣也不能讓她受苦。柏林又看了看肥仔，拍了拍肥仔的手，把紅色絲絨的盒子放進了口袋。

長長的行李車推了過來，帶着金屬的噹噹聲和輪子的滾動聲。肥仔向前幾步，推走了甄珠。坐在輪椅上那個的甄珠越縮越小，越縮越小，肥仔拿起毛毯，細心地蓋在甄珠身上。像一隻小小的蝸牛，有殼就是幸福。

長長的行李車移動着，在人來人往的機場大廳裡出現了一個Y字，機場裡人來人往，在生命中扮演着過客。Y字移動着，慢慢張開，隔開了曾經的愛。

萬般故事

——後記

白駒過隙，日光荏苒，歲月忽已晚。人間匆匆，不知不覺，時光快。然而，人間的情感，即使到了黃昏，也一樣不放過任何人。如故事中的主角般，當一個孤獨聽到另一個孤獨呼喚時，情感就出現了。人間的情感本是最甜蜜的東西，因此我們才會有愛，才會心生歡喜，才由此產生各種心緒波動，才會卸下堅硬的皮囊，溫柔多情起來。然而中老年人的愛情世界，畢竟是少了一份轟轟烈烈，多了一份柴米油鹽。他們各有着自己的小精明、小算盤、小世界。他們是一些走過森林，經過風雨的人。和年輕人相比，他們能很快從愛情的漩渦裡走出，恢復理性。一往情深的愛情微乎其微。愛情在現實中分斤掰兩地販賣，這無疑讓人遺憾和感慨。在愛人和被愛中，主角們做出了各自的選擇。但他們的故事並沒有結束，他們就生活在我們中間，是所有人中的一員，是她、是你、是我們。我把這許多個來自真實故事的原型打碎後，化成一個：「來如春夢幾多時，去似朝雲無覓處」的故事。

故事是個小故事，其中的人物平凡普通。就故事人物而言，他們各自的處事方法沒有絕對的是非對錯，所處的角度不同，觀點和抉擇自然也有所不同。世間上大善大惡的人畢竟少數，大多數人都過着平凡不過的日子。然而，不得不承認，作為筆者的我來講，始終過於相信人性中的善良和美，不忍心或者說不具備對人性更進一步地挖掘，這始終是我天真的致命傷，我反思並告讀者，真實的故事，遠比小說具有動物性和殺傷力。

我和李默老師討論此書時，她用臺灣腔的國語念了個繞口令：掀開藍布門簾子，裏面還是藍布門簾子。掀開藍布門簾子，裏面還是藍布門簾子。掀開藍布門簾子，裏面還是藍布門簾子……故事原可再寫下去，我在充滿各種情感的「機場」收筆。真誠地祝福小說和現實中的主角們，在他們的藍布門簾子裡幸福。萬般故事，不過情傷。生命本身就是不斷向前的路程，再多的遺憾和恩怨情仇也敵不過似水流年。

在此，我要謝謝為此書插畫題字的藝術家馬國強先生和葉榮枝先生，謝謝評論人李默先生，謝謝香港藝術發展局的資助，謝謝講故事給我聽和聽我講故事的你們。

文尾，借晏小山自序作結：考其篇中所記，悲歡離合之事，如幻如電，如昨夢前塵，但能掩卷憮然。感光陰之易遷，嘆境緣之無實也。

秋以為期

作者 木子

策劃 拇指工作室
編輯 羅浩珈
插圖 馬國強
題字 葉榮枝
設計 Arthur Dennis
排版 方明工作室
出版 人文出版社（香港）公司
地址 香港新界白石角香港科學園西區19w大廈9樓981室
網址 http://www.hphp.hk
電郵 info@hphp.hk
印刷 百旺印務有限公司
版次 2022年6月第1版第1次印刷
分類 文學小說
ISBN 978-988-74702-9-8
定價 HK$96 NTD$380 RMB¥85

Facebook

Wechat

香港藝術發展局
Hong Kong Arts Development Council 資助

香港藝術發展局全力支持藝術表達自由，本計劃內容並不反映本局意見。